못 갖춘 마디

못 갖춘 마디

채기성 장편소설

사계절

차례

프롤로그 7

1 — 11
2 — 19
3 — 25
4 — 34
5 — 43
6 — 51
7 — 59
8 — 67
9 — 77
10 — 84
11 — 93
12 — 105
13 — 110
14 — 126
15 — 138
16 — 150
17 — 164
18 — 172
19 — 182
20 — 188

에필로그 201
작품 해설 209
작가의 말 221

프롤로그

해수욕장에 가자고 한 것은 나였다.

아빠 친구의 가족들과 함께 간 것으로 기억한다. 나와 같은 아홉 살인 유주에게는 우리보다 한참이나 더 키가 큰 오빠가 있었다. 유주의 오빠와 남자아이들은 발이 푹푹 빠지는 모래사장을 뛰어다니느라 바빴고, 유주와 나는 해변가 한편에서 모래로 성을 쌓았다가 무너뜨리기를 반복했다. 어른들은 돗자리를 펴 놓고 팩소주를 마시며 구운 대하를 먹었다. 햇빛이 서서히 사위기 시작하면서 사람들이 바다에서 하나둘씩 빠져나오고 있었다. 나는 문득 손을 멈추고 해가 지는 모습을 지켜보았다. 멀리 수평선 너머로 붉은 까치놀이 하늘을 물들이고 있었다. 그러다 어느 틈엔가 짙은 먹구름이 몰려드나 싶더니 갑자기 파도가 거세지며 세찬 장대비가 쏟아져 내렸다.

나는 허벅지에 들러붙은 젖은 모래알들을 손으로 탁탁 털어 내며 옆을 돌아봤다. 조금 전까지도 내 옆에 있던 유주가 없었다. 누군가 유주의 이름을 외친 것과 내가 저 멀리 파도 속으로 잠기는 작은 아이를 본 건 거의 동시였다.

남유주, 남유주!

어른들이 목청껏 유주의 이름을 부르기 시작했다. 유주의 아빠는 어디 갔는지 보이지 않았고 엄마만이 까무러칠 듯 목소리를 높이며 바닷가로 향했다. 그러는 동안에도 어른들의 목소리는 내 귀가 아플 만큼 가까웠지만 유주는 너무 멀리 있었다. 유주는 거푸 물속에 잠겼다.

그때 누군가 내 옆을 빠르게 스쳐 바닷속으로 뛰어들었다. 나는 한동안 그 사람이 누구인지 알아보지 못했다. 그 사람의 몸이 거센 파도에 한 차례 잠긴 후 다시 떠올랐을 때, 그제야 나는 그 익숙한 몸짓이 아빠의 것임을 알았다. 몰아치는 너울이 아빠를 집어삼킬 듯 위협했지만, 아빠는 밀려나지 않고 앞으로 나아가려 안간힘을 썼다. 그렇게 조금씩 유주 바로 앞까지 접근한 아빠는 조금 뒤 파도 속에 완전히 묻혔다. 아빠와 유주가 함께 내 시야에서 사라지던 그 순간, 세상에서 가장 깊은 고요가 찾아왔다. 모든 소리를 잡아먹은 그 한순간의 고요는, 아빠가 유주를 안고 파도 밖으로 빠져나왔을 때에야 끝이 났다.

아빠가 유주를 모래 위에 누이자마자 사람들이 주위로 몰려들었다. 희끄무레한 역광을 받은 사람들의 뒷모습이 하나같이 검은 그림자처럼 보였다. 나는 모래 위를 경중경중 뛰어 아빠와 유주가 있는 곳으로 갔다. 사람들의 틈바구니에 끼어 내려다보니 유주 엄마가 유주의 어깨를 그러안은 채 흐느끼고 있었다. 그 옆에 선 우리 아빠는 이마에 달라붙은 젖은 머리카락을 쓸어 넘기며 가쁜 숨을 골랐다. 그때 유주를 물끄러미 응시하던 아빠의 얼굴을 나는 기억한다. 그 얼굴은 어떤 간절함이 깃든 것 같기도 했고 낭패한 기색이 서린 모습처럼 보이기도 했다. 사위가 점차 어둑해지고 파도가 사납게 들이치자 사람들이 분주히 해변을 떠나갔다. 아빠가 유주의 상태를 돌보는 내내 나는 홀로 남겨졌다. 아빠가 물에 뛰어들었을 때 내가 어떤 마음이었는지 아빠는 전혀 신경 쓰지 않는 것 같았다.

아빠는 항상 자기 자신이나 가족보다 남을 먼저 생각하는 사람이었다.

1

 나는 휴대전화 메모장을 켜고 화면을 빤히 들여다보았다. 몇 글자를 썼다 지우기를 반복하다 휴대전화에 저장해 둔 비트를 재생시켰다. 드럼의 베이스와 스네어를 번갈아 두드리며 시작하는 미디엄 템포. 내가 좋아하는 속도감이었다. 박자에 따라 몸이 반응한다. 흥겨워서 리듬을 타는 건 아니다. 슬픔도 몸을 들썩이게 한다. 몸속에 가득한 것들을 흘려 내보내려면 내게는 음악이 필요하다. 모든 걸 망쳐 버리고 싶다는 충동을 비트가 겨우 다스려 준다. 나는 입술을 움직이고 발을 까닥이며 베이스의 박자를 탄다. 그러면 묵은 감정이 하나씩 꺼내지는 느낌이다. 무거운 짐을 내려놓는 듯 조금 편안한 기분이 되었고, 그러고 나니 뭔가 쓸 수 있을 것 같았다.

거짓말이었어, 알아? 내 본모습 찾아간단 그 거짓말 몰라? 네 눈빛 피해 한 거짓 티 나지 않아? 내 불행 네 기쁨 되기 싫어 난 널 피해 도망가. 이젠 미안하단 말 하지 않아도 돼 행복하니. 다가오지 말고 꺼져 미안하다는 말 말고 날 등져. 아니 이젠 내가 널 피해 갈게. 네 인생 피해 주지 않게 꺼져 줄게. 네 저주 박스 안에 갇혀 영원히 봉인돼 줄게.

가사를 쓰면서 나도 모르게 유주를 떠올렸다. 유주는 나와 마주치면 요즘 어떻게 지내는지 물으며 걱정스러운 표정을 내비쳤다. 그럴 때마다 나는 잘 지낸다는 말을 내뱉으며 돌아서기에 바빴다. 괜한 동정을 받고 싶지 않은 내 마음을 유주가 알아챘는지는 모르겠다. 가끔은 궁금해진다. 유주가 과연 나를 걱정해 묻는 건지. 혹시 내 불행을 확인한 뒤 자기 위안을 얻고 싶은 건 아닐까.
나는 비트에 맞춰 작은 목소리로 내 가사를 내뱉어 본다. 마음이 왠지 부대끼는 것 같으면서도 시원한 마음이 든다. 나는 가사를 메시지 창에 복사해 맥퀸에게 보냈다. 맥퀸이 가사를 쓰는 대로 자기한테 보내 보라고 해서였다. 이제 내가 봐야 할 시간이었다.

"어디 가니?"

개수대에서 설거지를 하고 있던 엄마가 고개를 돌리며 물었다.

"학원."

나는 현관문 손잡이를 잡은 채 별 억양 없는 목소리로 짧게 대답했다.

"엄마는 이따가 소령이한테 다녀올 거야."

소령이는 서울에서 이모와 함께 산다. 그러고 보니 소령이를 안 본 지 꽤 된 것 같다.

"어디, 딴 데 가는 거 아니지?"

문을 열고 나서는데 뒤에서 엄마 목소리가 뒤따라 들려온다. 엄마의 예감이 맞다. 사실 학원에 간다고 하고 가지 않은 지 오래되었다.

오늘은 진지와 함께 구청에서 운영하는 청소년 문학 아카데미에 가기로 했다. 진지의 본명은 원시현이다. 가끔 이름 탓에 원시인이라고 놀림을 받기도 하지만 대체로 진지라고 불린다. 모든 일을 한결같이 진지하게 여기고 사소한 문제도 너무 크게 생각하는 성향 때문에 붙은 별명이다. 그런 진지의 꿈은 시인이 되는 것이다. 그래서 문학 아카데미에서 시를 배운다.

나는 시에 특별한 관심이 있거나 한 것은 아니었지만 진지가 랩을 하려면 가사를 잘 써야 하지 않냐면서 내 등을 떠밀었다. 랩과 시가 무슨 상관인지 언뜻 이해하기는 어려웠지만 학원에서 무료하게 시간을 보내는 것보다는 낫겠다 싶었다. 그래서 못 이기는 척 진지를 따라 아카데미에 다니기 시작한 것이었다.

집 밖에는 짙은 어둠이 내려앉아 있었다. 답답한 집 안을 벗어나자 기분이 한결 나아졌다. 찹찹한 밤공기가 살갗을 스쳤다. 버스 정류장에서 만난 진지는 반바지에 슬리퍼 차림이었고 나는 조거팬츠에 티셔츠를 입었는데 서로 어딘가 어색해 보여 마주 서서 한참을 웃었다. 잡아탄 버스에 마침 사람이 없어서 우리는 뒤쪽으로 가 한 자리씩 차지하고 앉았다.

"오늘 나 나오기 전에 엄마 아빠 난리도 아니었다."

"왜, 또 싸우셨어?"

진지가 고개를 끄덕였다.

"속상해?"

"아니. 이젠 그러려니 해. 엄마 아빠 싸우는 거 바로 앞에서 직관하면서 나는 할 거 다 해. 밥 먹고, TV 보고."

"그래?"

"다 사는 게 힘들어서 그런가 봐."

진지의 입에서 한숨이 턱 뱉어진다.

"나이가 들수록 사는 것도 더 힘들어지거든. 게팅 워스트."

"꼭 살아 본 사람처럼 말하네. 근데 좋다. 가사로 써먹어도 돼?"

"좋아. 나중에 유명해지면 그때 꼭 갚아."

진지가 피식 웃었다. 진지를 만나면 속이 좀 풀리는 기분이다. 진지가 버스 창문을 활짝 열어젖히는 바람에 뒷자리에 앉은 내 얼굴에까지 시원한 바람이 가득 닿았다. 비가 그친 지 얼마 되지 않아 아직 바람결에 남아 있는 수분이 느껴졌다.

"오늘은 친구들이 많이 오지 않았네요."

김시은 선생님이 빈 책상들을 둘러보며 말했다. 진지를 따라 이곳에 처음 왔을 때는 수강생이 열 명쯤 있었는데 조금씩 줄어 오늘은 진지와 나를 포함해 세 명밖에 없었다.

"비가 와서 그런가……."

선생님이 중얼거리며 고개를 돌리는 모습이 어쩐지 안쓰럽게 느껴졌다.

"너, 우산 가져왔어?"

옆에서 진지가 물었다.

"아니."

건성으로 대답한 나는 줄곧 창밖을 바라보는 선생님에게서 시선을 떼지 않았다. 선생님의 얼굴은 어딘가 아픈 사람처럼 핏기 없이 희고 창백해 보였다. 선생님은 웃는 법이 없는 데다가 우스갯소리도 하지 못하는 사람이었다. 선생님의 그런 살갑지 않은 면 때문에 시 수업이 다른 문학 수업에 비해 별로 인기가 없는지도 모르겠다. 떠난 아이들은 돌아올 기미가 없어 보였다.

"커뮤니티 게시판에 시 한 편씩을 올리기로 했죠?"

선생님이 그러면서 손에 든 패드를 들어 올렸다.

"제목, 고무줄."

진지가 내 어깨를 툭 치며 네 거잖아, 입속말로 속삭였다. 정말로 내가 쓴 시였다. 선생님이 내가 쓴 시를 읽어 주는 건 처음 있는 일이었다.

끝을 모르고 걷다

쥔 손이 아파 내려 보니 그리움이잖아

너무 팽팽해 놓칠 거 같아

누가 먼저 그걸 놓아 버리면

난 아프겠지

"장소이 학생이 쓴 거 맞죠?"

선생님이 나와 시선을 마주치며 물었다.

"네."

나는 어느새 불그레한 얼굴이 되어 대답했다.

"잘 썼어요."

지금껏 들어 본 적 없는 칭찬이었다.

"생각이 많은 편이에요?"

"네?"

"뭔가 그리운 것도 많고요?"

그 말에 왜 갑자기 울컥한 마음이 들었는지 모르겠다.

"좋아요, 그런 태도."

선생님의 갑작스러운 말에 멋쩍어진 나머지 고개를 숙였다.

"그리움도 상처도 다 시가 되니까요."

그때 내 마음속에 선생님의 목소리가 메아리처럼 울렸다.

속마음을 들켜 버린 것 같으면서도 내가 쓴 글이 시가 될 수 있다는 게 신기했다.

"언제 그런 걸 썼어?"

수업을 마치고 나오며 진지가 물었다.

"가사 쓰듯이 해 보라며."

쑥스러워 아무렇지 않은 척했지만, 괜히 으쓱한 기분은 어쩔 수 없었다.

"즉석떡볶이 먹고 갈까?"

기분이다 싶어 오늘은 내가 내겠다고 말하려는 참에 휴대전화 창 위에 메시지 알림이 떴다. 맥퀸이었다.

"아, 오늘은 안 되겠다. 맥퀸한테 연락 왔다. 들렀다 가고."

"갑자기? 오라면 꼭 가야 해? 그냥 뭐라도 먹고 집에 가자."

그럴까. 답장하기를 망설였다.

— 오늘 중요한 할 말이 있어서 그래.

뒤이어 도착한 메시지를 그냥 넘기지 못하고, 나는 진지를 향해 다음에 가자, 하고 말했다. 아쉬운 표정을 짓는 진지를 뒤로하고 서둘러 발걸음을 옮겼다.

2

 할 말이 있다며 맥퀸이 나를 부른 곳은 자기 작업실이었다. 늦은 시간이었지만 중요한 말이라는 게 뭔지 궁금하기도 했고, 혹시 내게 랩을 녹음할 기회를 주려는 건지도 모르겠다는 생각에 맥퀸의 작업실로 향했다.

 현관에 들어서자 음악 소리가 아닌 왁자한 말소리가 들려왔다. 맥퀸과 크루 멤버들이 모여 앉아 있었다. 가운데 테이블에는 먹다 만 피자와 과자, 음료수 캔 들이 어지럽게 뒤섞여 있었다.

 "왔냐, 장소. 여기 앉아."

 맥퀸이 나를 보더니 손짓을 했다. '장소'는 내 랩 네임이다. 친구들이 장소이라는 내 이름을 멋대로 줄여 부르는 걸 그대로 랩 네임으로 삼았다. 맥퀸은 자기 이름으로 싱글 앨범을 발매한 적이 있는 데다가 유명 래퍼들의 음반에 피처링으로 참여한 경험도 있어 언더그라운드에서는 이름이 꽤 알려진 편이었다. 특히 자기가 만든 '맥스 크루'에 대한 자부심과 애정이 각별했다.

"야, 너 시 쓰냐. 가사가 왜 그렇게 어려워."

자리에 앉자마자 맥퀸이 뜬금없이 쏘아붙였다. 얼마 전에 내가 맥퀸에게 보낸 가사를 말하는 것이었다. 주위에 앉아 있던 몇몇이 어깨를 들먹이며 키들거렸다.

"네 안에 고여 있는 상처들을 모두 꺼내서 드러내야 한다니까."

맥퀸이 주먹 쥔 손으로 자신의 가슴을 두드리며 말했다.

"그렇게 해서 어디 힙합 하겠냐고."

그러고는 조소하듯 웃으며 덧붙였다.

"한 잔 마셔."

"네?"

맥퀸이 내 앞으로 종이컵을 내밀더니 캔맥주를 따서 맥주를 따랐다.

"가끔은 술이 다 꺼내 주기도 해. 속에 있는 거 말이야."

음악 공유 사이트에서 맥퀸에게 메시지를 보낸 건 나였다. 랩을 한번 해 보고 싶다고. 크루의 일원이 되고 싶다고. 하지만 맥퀸은 내 실력이 부족하다며 아직까지 크루에 받아 주지 않고 있었다.

"혹시, 할 말이라는 게……."

나는 종이컵에서 맥퀸에게로 시선을 옮기며 넌지시 말을 꺼냈다.

"할 말……?"

그런 말을 했나 하는 골똘한 표정을 짓던 맥퀸이 "아, 너도 앞으로 음악 할 거면 이런 거에 좀 익숙해져야 한다고." 하며 대수롭지 않게 말했다. 그러고는 우제를 향해 고개를 돌렸다.

"우제야. 네가 좀 보여 줘 봐. 원샷 하는 거."

맥퀸을 따라 나도 우제 쪽으로 눈길을 돌렸다. 몸을 움츠린 채 가만히 앉아 있기만 하는 그 애의 모습.

병신. 나는 우제를 향해 입속말로 중얼거렸다. 퀭한 눈 밑으로 움푹 팬 볼을 한 우제는 넋 없는 표정을 짓고 있었다.

"야, 좀 마셔 보라니까!"

맥퀸이 우제를 향해 성질을 부렸다.

"그러지 마세요."

사람들의 눈길이 내게로 모였다.

"뭐야, 너?"

맥퀸이 황당하다는 표정으로 나를 바라봤다.

"너, 우제 좋아하냐? 그런 거였어?"

맥퀸이 조소를 담아 야유하듯 말했다.

─ 어디야? 학원 끝났을 텐데 안 와?

그때 엄마에게서 메시지가 도착했다. 괜한 죄책감이 일었다.

─ 진지랑 뭐 먹고 가느라. 금방 갈게.

엄마에게 그렇게 보내고 나는 자리에서 일어섰다.

"저, 엄마가 찾아서. 집에 먼저 갈게요."

"뭐야, 효녀 모드 발동한 거야?"

다른 크루 멤버 한 명이 비식비식 웃으며 말했다.

"놔둬. 얘 아직 우리 크루 아니잖아."

빈정대듯 입꼬리를 치켜올리며 맥퀸이 말했다. 사람들의 삐딱한 시선이 내게 쏟아지는 게 느껴졌다. 그대로 서서 꾸벅 고개를 숙여 인사하고 뒤돌아서던 때였다.

"너, 원래 연습생이었다며?"

뒤에서 맥퀸의 목소리가 들려왔다.

"예쁜 척하며 아이돌이나 계속하지, 그러게 왜 힙합을 한다고 그래."

어깨 너머에서 이죽거리는 맥퀸의 목소리를 따라 다른 사람들의 웃음소리가 뒤이어 들려왔다. 나는 다시 몸을 돌려 성큼성큼 우제에게 다가갔다.

"왜 그러는데?"

우제가 나를 향해 눈을 치켜뜨며 물었다.

"같이 가."

사람들이 오호, 하며 탄성을 질렀고, 썸이냐 너희 둘? 맥퀸이 놀리는 소리가 들려왔다.

"안 가."

"가!"

새된 소리를 내지르자 사람들이 웅성거리던 소리가 멎었다. 나는 다짜고짜 우제의 팔을 왈카닥 잡아당겼다. 그래도 일어나지 않자 두 손으로 잡아 일으켰다. 내 서슬에 놀랐는지 우제가 주춤거리며 일어섰다. 사람들의 시선을 뒤로하며 우제를 끌고 현관으로 향했다. 밖으로 나와 문을 닫고서야 긴장이 풀려 주저앉고 말았다.

"괜찮아?"

우두커니 서서 내려다보는 우제를 나는 차갑게 쏘아봤다.

"아무리 맥퀸이 좋아도 다음부터는 이런 자리 끼지 마."

나는 우제에게 그 말만 쏘아붙이고는 빠른 걸음으로 계단을 내려갔다. 잔뜩 신경을 썼더니 꽤히 속이 메스껍고 갑갑

했다.

현관문 비밀번호를 꾹꾹 누르고 들어서자 푸르스름한 형광등 불빛이 밝혀져 있었다. 나는 얼른 방으로 달려가 옷을 입은 채로 침대에 누웠다. 조금 뒤 누군가 문을 여는 소리가 들리더니 침대 옆으로 다가오는 기척이 느껴졌다. 아마도 엄마가 나를 걱정스러운 얼굴로 내려다보고 있을 거다. 아무리 기다려도 문이 다시 닫히는 소리가 들리지 않았다. 엄마가 나가기만을 기다리다 나는 어느샌가 스르륵 잠에 빠져들었다.

"엄마."

그런 말을 했던 것 같다.

"나 미워?"

그리고 자꾸만 감기는 눈.

3

 엄마는 화가 나면 땀을 낸다. 토요일 내내 엄마는 헬스장에서 줌바 댄스를 한 뒤 동네 뒷산으로 등산을 다녀오느라 바빴다. 일요일 아침부터 엄마는 주방에서 냄비에 계속 뭔가를 끓이고 찌느라 연신 땀을 닦아 냈다. 주방이 열기와 뿌연 수증기로 가득했다. 엄마와 나는 하루 종일 대화가 없었다. 국물 끓는 소리와 찜기에서 수증기가 빠지는 소리만이 집 안을 채우고 있었다.
 "소이야, 이게 왜 안 열리니?"
 오랜만에 들려온 목소리에 나는 냉큼 주방으로 갔다. 냉장고에서 막 꺼낸 냄비의 뚜껑이 열리지 않는 모양이었다.

"기압 차 때문에 그래. 약불에 올렸다가 열어 봐."

엄마가 말없이 가스레인지 불을 켰다.

"너 그런 것도 아니?"

집에서 가끔 혼자 밥을 해 먹으며 터득한 방법이었다. 조금 후에 엄마가 불을 끄고 조심스레 뚜껑을 열자 뜨거운 김이 퍼져 나왔다.

"계란찜 했어?"

엄마가 식탁 위에 올려 둔 뚝배기를 내려다보며 내가 물었다.

"응. 너 계란찜 좋아하잖아."

"엄마밖에 없네."

나는 평소와 다르게 맛있다는 말을 연신 뱉어 내며 미역국을 숟가락으로 떴다. 지은 죄가 있어서 그렇다.

"너, 생일이니까 엄마가 봐주는 거야."

엄마가 결국 어젯밤 얘기를 꺼냈다.

"누구 딸 아니랄까 봐 벌써 그렇게 늦게 다녀. 앞으론 다신 안 돼."

엄마가 엄한 표정으로 말했다. 나는 바쁘게 움직이던 숟가락을 멈췄다. 아빠는 자주 취해서 집에 늦게 들어오곤 했다. 그런 날에는 꼭 보이지 않는 커다란 돌이 아빠의 등을 짓누르고 있는 것 같았다. 요즘 엄마는 주로 밤에 혼자 소주를 마시는 듯했다. 가끔 내가 "잘 시간에 웬 술이냐."며 면박을 주기라도 하면 엄마는 항상 "잠이 안 와서 그래."라며 주섬주섬 식탁을 정리하곤 했다. 성인이 되면 나는 어떤 일이 있어도 술만큼은 마시지 않을 거다. 술에 취해 비척비척 걸어 들어오던 아빠의 모습이 싫기도 했지만, 화약에 불을 붙이듯 술을 마시면 터져 버리곤 했던 부부 싸움에 이골이 나서도 그랬다. 지금도 냉장고에서 몰래 소주를 꺼내는 엄마를 보면 두렵다. 아빠처럼 엄마의 등을 커다란 돌이 짓이길까 봐.

"뭐 갖고 싶은 거 없어?"

"없어."

나는 짤막하게 답했다. 엄마의 마음을 덜어 주는 나만의 방식이다. 필요한 게 없다고 말하는 거. 내 일로 신경이 쓰이게 하고 싶진 않았다. 되도록 그렇게 하려고 한다.

"소령이나 보고 올까 봐."

"그럴래?"

"응. 나 생일 겸해서. 이럴 때 안 보면 언제 봐."

소령을 본 지 꽤 됐다. 최근에는 엄마 혼자 소령에게 가 보곤 했다. 소령은 나와 달리 성적이 좋고 공부를 열심히 하는 편이어서 엄마가 꽤 기대하는 눈치다. 생각난 김에 소령에게 메시지를 보냈는데 밥을 다 먹을 때까지도 답이 없었다.

"소령이랑 오늘 보기로 했어. 다녀올게."

나는 엄마에게 있지도 않은 말을 하고 자리에서 일어섰다.

오랜만에 찾아간 동네였다. 여러 가닥의 실이 서로 엉킨 듯 복잡하고 구불구불한 골목을 나는 천천히 걸었다. 경사로에 세워진 트럭 밑에 새끼 고양이들이 숨어들고 새들이 지붕과 지붕 사이로 옮겨 다녔다. 익숙한 풍경이었다. 골목 모퉁이를 돌자 길의 폭이 넓어지면서 놀이터 어귀가 보였다. 놀이터라고 해 봤자 우레탄 바닥 위에 미끄럼틀과 그네뿐인 곳이었다. 인적 없이 고요한 그곳에서 내 또래로 보이는 한 여자아이가 그네를 타고 있었다. 나는 놀이터를 곧장 가로지를 참이었다. 하지만 나는 놀이터 중간까지도 가지 못해 발걸음을 멈춰야 했다. 허공을 가르던 여자아이의 두 발이 땅에 끌리며 그네가 갑자기 멈춰 섰다. 단정한 콧날과 크고 둥근 눈, 숱이 풍성한 단발, 갸름하고 흰 얼굴, 즐겨 입던 회색 후드집업까지. 다 그대로였다. 유주였다, 남유주.

"장소이!"

유주가 내 쪽으로 다가오며 외쳤다.

"할 말 있어, 가지 마."

다시 걷기 시작한 나를 제지하며 유주가 말했다. 결국 이렇게 만나게 되는 거였다. 아무리 피하려고 해도 결국. 빗방울 하나가 이마에 똑 떨어졌다. 비가 오나, 검푸른 하늘을 올려다보는 사이 유주는 내 앞까지 왔다.

"무슨 할 말?"

유주는 전보다 더 해쓱해 보였다.

"왜 말도 없이 떠났어? 연락도 받지 않고."

"사정이 있어서."

"사정?"

일일이 캐묻는 듯한 유주가 순간 성가시게 느껴졌다.

"너한테 일일이 다 말하고 다닐 수는 없는 거잖아."

나도 모르게 은근히 쏘아붙이고 말았다. 투둑투둑 쏟아지는 빗물이 금세 머리를 적시고 등을 타고 흘러내렸다.

"그렇기야 하지만……."

유주가 고개를 수그리며 내 시선을 피했다.

"지금 조금 바빠. 먼저 갈게."

"잘 지내는지 보고 싶었어."

유주가 등 뒤에서 다급히 말했다. 나는 그대로 멈춰 섰다.

"네가 말도 없이 가 버려서…….”

그러는 유주가 미련하게 느껴졌다.

"그래서 여기서 너를 기다려, 자주.”

"이러지 마.”

나는 돌아보지 않은 채 무뚝뚝하게 대꾸했다.

"난 너한테 하고 싶은 말 없어.”

갑자기 비가 멎은 듯 머리 위로 빗방울이 떨어지지 않았다. 이상한 느낌에 흘긋 뒤를 돌아보니 유주가 가방을 제 키보다 높이 들어 내 머리 위를 가려 주고 있었다.

"이러지 말래도!”

나는 유주의 가방 아래에서 얼른 비켜섰다. 그런데도 유주는 땅에 붙박인 듯 가방을 치켜든 채 제자리에서 움직일 줄 몰랐다. 관자놀이를 타고 흘러내리는 빗방울이 쓰라리기라도 한 듯 유주가 눈가를 찌푸렸다. 유주와 나는 빗속에서 그런 채로 서로를 우두커니 바라봤다. 심장이 뛰는 소리와 빗소리가 엇섞여 귓가를 소란스럽게 했다. 나를 원망스럽게 바라보던 유주가 후드를 뒤집어써 얼굴을 가렸다. 그러고는 그대로 돌아서 놀이터 밖으로 달려갔다. 그 뒷모습이 사라질 때까지 나는 내내 바라보기만 했다.

현관문을 열자 어둡고 적막한 공기가 무겁게 다가왔다. 방 두 개에 거실이 하나인 공간이었다. 하나는 이모의 방이었고, 그보다 조금 작은 방을 소령이 썼다.

화장실에서 부스럭거리는 소리가 들리더니 문이 열렸다. 소령이 회색 수건으로 젖은 머리카락의 물기를 털며 물었다.

"왔어?"

어제 본 것처럼 일상적인 말투였다.

"응."

나는 소매로 눈가에 어룽거리는 빗물을 걷어 내며 대답했다.

"비 맞고 왔어?"

나는 대답하는 대신 신발을 벗고 집 안으로 발을 내디뎠다. 날씨 때문인지 바닥은 차갑고 습했다. 낯선 감촉 때문인지 어쩐지 모르는 사람이 사는 집 같았다. 낯선 건 집뿐만이 아니라 소령과 나도 그만큼 멀어진 사이 같았다. 다시 이 집으로 돌아올 수 없을 거란 예감도 함께 찾아들었고.

"이모는?"

"일하러."

소령이 짧게 대꾸했다. 간호사인 이모는 주말이 따로 없이 일한다. 온기가 돌지 않는 찬 바닥을 양손으로 짚으며 나는 거실 한가운데 앉았다. 소령이 화장실 거울 앞에서 드라이기로 한참 머리카락을 말린 뒤 밖으로 나왔다. 그러고는 상체를 비스듬히 틀어 내 앞에 앉았다.

"왜 왔어, 오늘?"

소령은 내 생일인지 모르는 눈치다. 나도 굳이 소령에게 말하지 않는다.

"나가 봐야 해?"

"응."

어디를 가냐고도 묻지 않았다. 이제 우리는 그런 걸 묻는 사이가 아니라는 걸 받아들여야 할 때가 된 것 같았다.

"있잖아."

말을 꺼내 놓고 소령은 잠시 망설였다.

"아직도 사람들이 언니 얘기해."

"여기 살지 않는데도 그래?"

나는 의식적으로 소령의 눈길을 피한다.

"언니 아직도 기획사 소속이냐고."

소령이 빗으로 무심히 머리를 쓸어내렸다.

"그러니까 웬만하면 사람들 눈에 띄지 마. 나만 힘들어."

나는 시선을 옮겨 소령을 한참 동안 바라본 뒤, 열뜬 마음을 진정시키며 대답했다.

"어."

더는 할 말이 없었다.

다 내 책임이니까.

4

'시 쓰냐?'

버스 뒷좌석에 앉아 차창 밖을 바라보다 맥퀸의 말을 떠올렸다.

'상처받고 그을린 자국들 있잖아. 그런 걸 다 내뱉으란 말이야. 널 조롱했던 사람들에게 보란 듯이 한 방 먹여 주는 가사를 써야지!'

그러자 창밖으로 스쳐 지나가는 모든 것들이 무미건조해 보였다.

"버려져."

순간 머릿속에 맴돌던 그 말이 툭 튀어나왔다. 뒤이어 몇 가지 말들이 떠올랐다. 가사가 써질 것도 같았다. 나는 얼른 휴대전화 메모장 앱을 켠 다음 가사를 적기 시작했다.

그래 버려진 날 향해 쓰레기라는 헤이터들 인산인해. 얼마나 짓밟히고 납작해져야 보도블록이 돼. 내게 떨어지는 셀 수 없이 많은 비난의 화살. 빗줄기처럼 쉴 새 없이 쏟아지는 고통. 내 상처 따윈 됐어. 네 걱정 따윈 됐어. 무릎 꿇을 거라 생각하는 게 헤이터들 권리? 헤이터들 주둥이 롤러로 다 발라 줄게 늦지 않게 shortly.

나도 모르게 입술이 달싹여졌다. 나는 비트를 상상하며 소리 죽여 가사를 뱉어 낸다. 창밖으로 뒷걸음질 치는 건물들이 비트의 파동에 맞춰 몸을 떠는 것처럼 느껴진다. 그래도 이럴 때면 뭔가 가슴이 트이는 듯한 기분이 든다.

문이 열리고 버스에서 내리자 다시 세상의 소음이 귓속에 가득 찬다. 혼자만의 작은 무대를 마친 나는 앞을 향해 발걸음을 내디뎠다.

햄버거 매장 앞에 거의 다다르자 반대편에서 우제가 블루투스 이어폰을 귀에 꽂은 채 걸어오는 게 보였다. 우제는 여러 가지로 손이 많이 가는 아이다. 애초에 관심을 끊고 사는 편이 정신 건강을 위해서도 좋을 것 같지만 그마저도 쉽지 않다. 어쩐지 신경이 쓰이고 그저 계속 지켜보게 된다.

용돈이 더 필요하다는 우제에게 이 햄버거 매장 일을 소개한 것도 나였다. 음악을 하려면 돈이 필요하긴 했다. 비트를 사고 음원을 믹스하는 것도 모두 다 돈이었다. 앨범을 내도 별다른 호응을 얻지 못하면 앨범을 내기 위해 치른 비용이 모두 빚으로 돌아오게 된다. 경험이 있는 맥퀸은 누구보다 그 사실을 잘 안다. 그래서 맥퀸도 돈을 벌기 위해 이것저것 가리지 않고 알바를 한다.

우제 역시 뾰족한 수가 있는 건 아니었다. 여러 악기와 장비를 마련하는 건 물론 실용음악 학원에도 다니고 싶어 했지만 그 비용을 다 감당할 여력은 없었다. 내가 알바 자리라도 소개하지 않았다면 내내 고민에만 젖어 있을 게 뻔했다.

내가 먼저 알은체를 하자 우제는 뻣뻣한 고개를 한 번 까닥이고 만다. 인사를 하는 것도 소극적이어서 항상 내가 먼저 하는 편이다. 가까이서 알아 가면 갈수록 우제는 인생을 소극적으로 사는 데 일가견이 있는 사람 같았다.

"야자는?"

"패스."

우제가 대수롭지 않게 대답했다.

"왜?"

"뭘 왜야. 아무도 신경 안 쓰는데."

실없는 웃음이 났다.

"모의고사 본 건?"

"그것까지 말해야 해?"

우제가 뜬금없다는 표정으로 나를 바라봤다.

"하기 싫음 말고."

"최하위 등급."

"그래?"

너무 놀란 얼굴을 한 게 미안해서 나는 얼른 표정을 수습했다.

"괜찮아. 어차피 모의고사 내신에 안 들어가잖아."

"알아, 고마워."

"뭐가 고마워, 내가 대신해 주는 것도 아닌데. 열심히 해."

나는 우제의 등을 손으로 두드리며 다독였다. 그러면서도 내가 이 아이를 왜 위로하고 있는지 헛웃음이 났다. 왠지 우제 옆에 있으면 속이 터진다.

매장에서 소란이 인 건 일을 시작한 지 얼마 되지 않아서였다. 나는 주방에서 햄버거 패티를 굽고 있었다. 홀 쪽에서 사람들의 웅성거림과 함께 몸싸움을 벌이는 소리, 물건들이 바닥에 굴러떨어지는 소리에 비명 소리가 뒤섞여 들려왔다. 홀 쪽을 내다보자 부둥켜안고 엎치락뒤치락하는 두 명의 남자들이 보였다. 그런데 그중 한 명이 우제였다. 다른 한 사람은 주간 알바 팀의 리더였는데 후리후리한 키에 덩치도 우제보다 한 체급쯤 커 보이는 대학생이었다.

어느새 벽까지 밀쳐진 우제가 씨근거리고 있었다. 리더의 팔뚝에 밀려 고개가 젖혀진 우제가 얼굴을 일그러뜨렸다. 리더가 우제의 얼굴을 주먹으로 거칠게 문질러 대듯 밀다가 툭툭 쳤다.

"으악!"

분을 못 이기겠다는 듯 우제가 버둥거리며 소리를 내질렀다. 아무도 말릴 생각조차 하지 않았다. 등허리를 타고 신경이 빳빳하게 곤두섰다.

"왜 저러는 거야 둘이?"

누군가 옆 사람에게 속삭였다.

"리더가 원래 좀 벼르고 있었잖아."

"뭘?"

"우제 쟤. 리더가 마음에 안 들어 했잖아. 재수 없다고."

"왜? 뭐가 마음에 안 들어서?"

"낸들 아니."

우제는 같이 일하는 사람들에게서 좋은 평가를 받는 사람은 아니었다. 우제는 홀에 있는 쓰레기통을 비울 때마다 내용물을 흘려 자주 지적을 받았고, 일회용 포크와 나이프, 스푼, 그리고 스트로 같은 것들은 더 넣을 수 없을 정도로 가득 채워 놓아 한 소리 듣는 게 일상이었다. 일머리라곤 없는 녀석을 괜히 데려왔나 싶어질 정도였다.

리더의 윗옷을 꽉 움켜쥔 우제의 손끝이 피가 몰려 불그스름했다. 우제는 끝까지 손을 놓을 생각이 없어 보였다. 그런 상태로 대치가 오래 지속되자 리더가 버거운 듯 얼굴을 찡그렸다.

"놔! 놔!"

리더가 짜증 섞인 어조로 을러대며 말했다.

"죽어도 안 놔!"

턱이 눌린 채 이 사이로 내뱉어진 우제의 목소리가 매장 안을 가득 채웠다. 리더는 이제 질린다는 표정이었다.

사장이 오고서야 싸움은 멈추었다.

사장은 우제에게 더 이상 일을 시킬 생각이 없는 것 같았다. 직원들이 다 보는 자리에서 우제를 혹독하게 혼냈다. 하고 싶은 말을 잔뜩 쌓아 두었던 사람처럼 거침없었다. 사실은 우제의 모든 행동이 마음에 들지 않았다는 토로처럼 들리기도 했다.

"평소에 건들거리면서 다니는 모습부터가…… 으휴. 말을 말자."

"저 잘못한 거 없는데요."

사장의 얼굴이 대번에 구겨졌다.

"너 일할 때 이어폰 끼고 있었다며. 누가 일하는데 이어폰을 껴, 이 자식아."

"그렇다고 남한테 피해 준 거 없는데요."

우제가 반박하자 사장이 어이없다는 표정을 지었다.

"이것 봐라 이 녀석. 너 평소에 뭘 시켜도 제대로 하는 게 있기는 했니? 뭘 잘했다고 말대꾸야, 말대꾸가!"

사장이 우제를 향해 위협적으로 손을 치켜들었다. 자칫하다가는 손찌검이라도 할 기세였다.

"그만두면 되잖아요."

움찔하는 기미도 없이 우제가 나지막이 말했다.

"이 녀석이 아주 눈을 부릅뜨고…… 네 부모님에게 전화 좀 해야겠다."

"왜요?"

"왜……요?"

우제의 반문을 사장은 못마땅한 표정으로 받아쳤다.

"경찰서에 가지 않은 것만으로도 다행으로 여겨, 이 새끼야."

"왜 욕하는데요?"

살다 보면 손해나 억울함을 감수해야 하는 순간이 찾아올 때가 있다. 가진 게 없으면 더 그렇다. 아무도 내 편이 되어 주지 않거나 구석으로 내몰릴 때는 어떻게든 우선 헤어날 길을 찾는 게 덜 피곤한 법인데.

"아, 왜 욕하는데요!"

우제는 그 이치를 모르는 모양이었다.

"이 새끼가 돌았나."

사장이 허리춤에 양손을 얹고는 "한번 해 보자는 거야?" 하고 우제를 노려봤다. 나는 우제가 치받치는 감정을 누르지 못하고 사장한테까지 맞을까 봐 조마조마했다.

"너 같은 놈 챙겨 주려고 여기서 일 시키는 줄 아냐, 이놈아? 본분도 모르고 깔짝거리는 놈들 내가 한두 명 본 줄 알아? 누굴 호구로 아나."

사장이 흥분을 감추지 못하고 삿대질을 하며 우제를 몰아세웠다. 그런 사장의 눈을 우제가 아무 말 없이 가만히 쏘아봤다. 무슨 일이 나도 날 것 같았다.

"야, 차우제!"

일순간 모두의 시선이 내게로 쏠렸다. 나는 우제에게 다가가 덥석 손목을 잡았다. 돌출된 손목뼈가 만져졌다. 우제는 조금 떠는 것 같았다. 이럴 거면서 무슨 생각으로 버티고 서 있는지 모를 일이었다.

"가자."

씩씩거리는 나를 우제가 퀭한 눈빛으로 바라봤다.

"가자니까."

"너희들 지금 뭐 하는 거니?"

사장이 의아한 눈빛으로 나를 보며 물었다.

"이런 개 같은 데 있지 말고 나가자니까!"

나는 목청을 돋워 외쳤다. 그게 내가 할 수 있는 전부였다. 나를 던지는 일 말고는 할 수 있는 게 없었다. 땅에 뿌리를 내린 것처럼 서 있던 우제가 그제야 움직였다. 감정의 파도가 밀려온다. 서러운 감정과 손해를 본다는 마음, 그럼에도 너의 손을 잡아야겠다는 알 수 없는 충동. 나는 너에게서 무엇을 확인하고 싶은 걸까. 나는 원망스러운 눈초리를 숨기지 못하고 우제를 바라보며 입을 열었다.

"이번이 두 번째야. 내가 너 구한 거."

5

 상가 건물을 관리하는 용역 업체의 시설 관리원으로 일하던 아빠는 3교대로 일하느라 주말과 밤낮이 없었다. 계약직인 데다 고용이 불안해서인지 제때 휴가도 내지 못했다. 어딘가 다치거나 몸이 좋지 않은 날도 아빠는 어김없이 일터로 향했다.

 내가 잘되면 아빠 그 일 그만두게 해 줄게.

 기획사에서 연습생 활동을 하며 나는 아빠에게 그렇게 약속한 적이 있지만, 지금은 결국 빈말이 되었다. 혹시, 아빠는 나를 원망하고 있을까. 그래도 그때가 좋았다. 아니다. 그때까지만 좋았다.

연습생을 그만두고 싶다고 했을 때, 아빠가 내게 했던 말이 기억난다.

"그래, 그다음은 생각해 놓은 게 있니?"

나는 한참을 머뭇거린 다음, 고개를 저으며 대답했다.

"……아니, 없어."

그동안 나는 뭘 했던 걸까. 그제야 찾아온 자책 때문에 힘들었던 것 같다. 나는 그저 아이돌이 되려는 수많은 연습생들 중 하나에 불과할 뿐인데도 그 길 외에 다른 길을 갈 수 있을 거라는 생각은 전혀 한 적이 없었다. 그래도 아빠는 대답을 재촉하지 않았다. 내가 원하는 대로 하라고 했다. 그만하면 됐다고 했다.

"그동안 네가 얼마나 지쳤겠니. 이해해, 괜찮아."

"죄송해요, 아빠……."

"아니야, 괜찮아."

아빠는 나에게 항상 괜찮다고 말해 주는 사람이었다. 그때 든 마음은 한편으로는 안심이었고 다른 한편으로는 걱정이었다. 아빠가 마음을 놓지 못하고 계속 나를 신경 쓸까 봐.

시설 관리원으로 일하기 전까지 아빠는 한 중소기업에서 부장직을 맡고 있었다. 그러다 회사 사정이 어려워지자 어쩔 수 없이 회사를 나오게 되었다. 이후 좀처럼 재취업을 하지 못하다 겨우 시설 관리원 자리를 얻게 된 것이었다.

아빠 때문만이 아니라 이런저런 사정이 겹쳐 우리 집 사정이 넉넉하지 못한 건 진작에 알고 있었다. 아빠와 엄마가 몇만 원 때문에 벌벌 떤다는 것도. 그즈음 엄마와 아빠는 자주 다퉜던 것 같다.

어느 늦은 밤 엄마와 아빠가 언성을 높이는 걸 방 안에서 들었다. 병원을 자주 다니신다는 할머니 얘기를 하면서였다.

"빚을 내서 어머님께 돈을 드리자는 얘기야?"

"그럼 어떡해. 당장 병원비가 없어서 병원을 안 가시려고 하는데."

"그래도 어머님 병환이 아주 심각한 건 아니잖아."

"당신, 어떻게 그렇게 말해!"

아빠가 좀 전보다 화가 난 말투로 목소리를 더 높였다.

"우리 돈 없어. 알지?"

그런 아빠를 달래는 엄마의 침착한 목소리.

"잔말 말고 현금 서비스 한 오십만 원 받아서 갖다드리자."

"왜 그래, 진짜!"

이번에는 엄마가 버럭 소리를 질렀다. 아빠와 엄마 둘 다 한숨을 내쉬는 게 다 들렸다. 나는 침대로 가 털썩 누웠다.

가만히 천장을 바라보는데 그런 생각이 들었다. 만약 연습생 생활을 포기하지 않고 기어이 데뷔해서 돈을 벌 수 있게 됐다면 어땠을까. 그랬다면 아빠의 어깨를 짓누르는 짐의 무게를 조금은 덜어 줄 수 있었을까. 적어도 내가 가족에게 짐이 되는 일은 없지 않았을까. 하지만 그때의 나는 무대에 서는 일이 두려웠다. 언젠가부터 나에게 닿는 시선 하나하나가 모두 나를 평가하는 것처럼 느껴졌다. 나는 더 이상 아무것도 할 수가 없었다.

  그날 밤 화장실에 가려고 방을 나섰더니 아빠가 식탁에 엎드려 자고 있었다. 식탁 위에는 빈 소주 한 병이 올려진 채였다. 나는 아빠를 깨우려다가 차마 그러지 못하고 전등 스위치를 껐다. 어둠 속에서 부쩍 마르고 야위어 보이던 아빠의 등을 나는 기억한다.

  오늘은 아카데미에서 시 수업이 있는 날이다. 진지는 일이 있어 제시간에 맞춰 올지 모르겠다고 했다. 수업 시간에는 그나마 오던 친구들도 오지 않고 나 혼자였다.
"오늘은 단독 수업이네."
"그러게요."
좁은 강의실이 오늘따라 커 보였다.

"소이는 왜 시를 쓰려고 해?"

진지 따라서 다니는 건데요. 그렇게 대답하려다 그만두었다. 선생님의 표정이 왠지 어두워 보여서다. 하긴, 이런 적은 처음이니까. 나마저 오지 않았더라면 어땠을까.

"랩 가사를 좀 잘 써 보려고요."

"그래?"

선생님의 입가에 겨우 미소가 감돌았다.

"소이는 음악을 하니?"

"네."

"가사도 직접 쓰는 거야?"

"네."

"선생님도 언젠가 소이가 쓴 가사를 볼 수 있을까?"

아뇨. 나는 속으로 중얼거렸다. 가사를 누군가에게 보여 준다는 건 어색한 일이다. 맥퀸에게 보내는 것도 아직 번번이 망설이는 데다, 맥퀸이 말한 대로 나는 가사를 잘 쓰지 못하니까.

"그런데 그거 아니?"

자못 진지한 표정으로 선생님이 물었다.

"뭔데요?"

"소이는 시 쓰는 데 재능이 있어."

갑작스러운 말에 얼굴이 홧홧하게 달아오르는 것 같았다.

"조금 더 자신의 감정에 집중해 봐."

"……감정에요?"

"감정은 시선을 따라가. 슬픈 마음이 몰려올 때, 눈에 담기는 것들을 천천히 바라봐. 슬픈 감정은 묽어지고 넓어지려는 경향이 있거든. 사물들이 흐릿하게 보여. 하지만 좋은 감정은 생생해. 평범한 사물에도 의미와 색을 덧칠하지. 그런 순간을 쓰려고 노력해 보렴."

누군가 나에게 재능이 있다고 말해 주는 게 낯설어 나는 한동안 선생님을 바라보지도 못하고 고개를 수그렸다. 나는 언제나 재능을 의심받는, 열정만으로 부족한 재능을 덮어 버리려는 사람으로 취급받았기 때문이다.

'소이 넌 뭔가 타고난 재능이 좀 부족한 거 같아.'

연습생이었을 때 기획사 선생님들이 자주 그렇게 말했다. 성실한 편이기는 하지만 타고난 뭔가가 없다고.

'끼도 재능인데, 넌 그것도 좀 부족한 편이야.'

칭찬보다는 부족한 부분을 지적받는 일이 많았고, 그래서 열등감을 느끼는 순간이 많았다. 그렇다고 그 감정을 티 낼 순 없었다. 한번은 월간 평가 때 평소보다 날 선 이야기를 듣고 울었는데, 안무 팀장이 그런 태도를 더 문제 삼아 질책한 뒤로는 다시 그러지 않았다.

'소이야, 한순간 삐끗하면 끝장이야. 정신 차려. 그 정도로 마음 약해서는 데뷔 못 해.'

감정을 쉽게 드러내면 안 되는 세계였다, 그곳은.

'넌 목표가 뭐니? 그냥 잘하는 거야? 소이야. 넌 빛나는 존재가 되어야 하는 거야. 그렇지 않으면 누가 너를 거들떠나 보니? 아니면 그저 다른 애들 받쳐 주는 존재가 될 거야? 독기를 품고 해야지, 몸무게 관리를 그렇게 하면 어떻게 해.'

'근데 솔직히 말하면 소이가 눈에 잘 띄지 않긴 해. 좀 존재감이 약하다고 할까. 데뷔하는 애들 봐 봐. 애들이 다 또렷하고 확실하잖니.'

'뭐 하나 갖춰진 것도 없이 어떻게 무대에 설 수 있겠어.'

수업 시간에 불현듯 떠오른 과거의 기억은 집에 온 뒤까지 머릿속에서 맴돌았다. 연습생으로 지낸 2년여 동안 항상 그런 식으로 사람들의 말에 쫓겨 다니며 불안감을 껴안고 살아야 했던 시간들이 생각나 갑자기 막이 낀 듯 눈앞이 흐릿해졌다. 선생님이 해 줬던 말이 홀연히 떠올랐다. 이런 순간을 쓰라는 건가. 나는 휴대전화 메모장에 생각나는 대로 글을 쓰기 시작했다.

아무도 내 얼굴을 알아보지 못하길래 이상했다. 거울을 보니 얼굴에 표정이 없네. 항상 거울 앞에서 연습하던 예쁜 표정을 지어야지. 사람들이 묻는다. 어제 그 예쁜 얼굴 아이는 어디 갔니? 그게 저예요. 사람들이 놀란 얼굴을 하며 내게서 멀어져 가는 꿈을 꿨다. 다시 거울 앞에 선다. 내 진짜 얼굴은 아는 사람은 사실 아무도 없다.

이런 것도 시라고 할 수 있을까. 나는 갸웃거리다가 글의 마지막 부분에 제목을 적어 놓았다.
'오늘 나의 얼굴.'

6

 가방 속에서 지이이잉 휴대전화 진동이 울려 확인해 보니 맥퀸이었다. 당장 통화가 내키진 않았지만 나는 일단 전화를 받았다.
 "엇. 전화 받는구나, 장소."
 맥퀸이 호들갑스럽게 말을 건넸다.
 "뭐예요."
 막상 맥퀸의 목소리를 듣자 말이 곱게 나오지 않았다. 맥퀸 작업실에서 벌어졌던 일에 아직 앙금이 남아 있어서였다.
 "작업실에서는 미안했다. 내가 사과할게."
 뜻밖의 사과였다.

"······사과요?"

"그래. 네가 그렇게 나가고 나서 다신 내 연락 안 받을 줄 알았는데."

"됐어요. 그런 일이 한두 번이에요."

나는 살짝 핀잔이 섞인 투로 답했다.

"그땐 내가 좀 과했다. 애들 앞에서 어깨에 힘 좀 주려다가 말이야. 너희들이 고등학생이라는 것도 잊고 내가 심했어. 용서해 줘. 앞으로 다신 그럴 일 없을 거야."

맥퀸이 사과를 하자 마음이 조금 놓였다. 정말 앞으로 계속 맥퀸과 함께 음악을 해 나가야 할지 깊이 고민했기 때문이었다. 내 뜻과는 상관없이 일방적으로 뭔가를 요구하는 사람에게 내 얘기를 이어 갈 마음이 없었으니까. 맥퀸은 거친 구석이 있긴 하지만 그래도 심성은 착한 사람이었다. 그 점 때문에 그나마 관계를 유지해 가고 있는 것이었다.

"그나저나, 장소."

전화를 막 끊으려는데 맥퀸이 할 말이 남았다는 듯 나를 불렀다.

"얘기해요."

"나한테 보냈던 랩 가사 있잖아. 그거 혹시 네 얘기냐?"

내 얘기? 그게 뭐였는지 생각이 나지 않아 뜸을 들이고 있을 때였다.

"버려졌다는 얘기로 시작한 그 가사 말이야."

그제야 맥퀸이 뭘 말하는지 알았다.

"그냥 생각나는 대로 썼어요."

"그렇구나. 그거 좀 괜찮더라."

맥퀸이 웬일로 칭찬을 하는가 싶었는데 말끝을 늘이더니 한마디를 덧붙였다.

"근데 마치 꽁꽁 랩에 싸인 느낌이야. 뭔가 얘기가 나오려다 만 것처럼."

그러곤 객쩍은 웃음을 터트리며 내게 물었다.

"뭐가 그렇게 두려운 거야?"

"……네?"

나는 뭔가 한 방 맞은 기분이었다. 그래, 나는 대체 무엇을 두려워하고 있는 걸까. 음악을 하고 싶어 하면서도 다른 사람에게 내 모습을 보이거나 이야기를 꺼내는 건 주저하는 나. 원했던 것이 언제나 나를 상처 주었기 때문인 걸까. 아니면 내 주위 사람들이 모두 나 때문에 남모르게 힘들어하기 때문일까.

"하긴 자기 안에서 뭔가를 꺼낸다는 건 어려운 거야."

맥퀸이 이해한다는 듯 말했다.

"그거 알아 장소?"

"뭘요."

"랩은 자유로운 거야. 주저하면 자유로워질 수 없다고."

알 듯 말 듯한 말을 던져 놓고 맥퀸은 화제를 돌렸다.

"참, 이번에 방송사에서 힙합 래퍼 크루들을 대상으로 '리얼 래퍼'라는 랩 배틀 프로그램을 만든다고 하더라고. 거기 우리 크루가 섭외되었거든. 어때, 관심 있냐?"

"방송요?"

나는 마른 입술을 혀끝으로 축이며 물었다.

"그래. 뭐 일단 우승한다는 생각으로 참여해 보려고. 래퍼로서 인지도는 쌓을 수 있는 좋은 기회잖아. 근데 또 아무나 뽑을 순 없으니까 실력을 좀 보려고. 음원 하나 제대로 만들어서 한번 보내 봐. 곡 괜찮으면 끼워 줄게."

"저를요?"

"그래. 무대 경험이야 아무래도 연습생이었던 네가 낫겠지만 실력이 별론데 그냥 꽂아 줄 순 없다. 이 바닥도 경쟁이야. 우리 크루도 예외 없어. 음악 좋고 랩 잘하는 사람이 먼저라고. 음질 따지지 말고 대충 만들어도 좋으니까 가사만 잘 뽑아서 다음 주 금요일까지 보내."

"저는 관심 없……."

"무조건 보내. 주저하지 말고, 오케이?"

맥퀸의 전화는 이미 끊겨 있었다. 어안이 벙벙해진 나는 금세 시무룩해졌다. 다음 주까지 곡을 만들어 낸다는 게 나로서는 도저히 불가능한 일이었다. 혼자서 곡을 완성해 본 적이 없는 데다가 방송 같은 공개 무대에 나선다는 게 어쩐지 두렵기도 했다. 내가 할 수 있을지 정말 하고 싶은지 꽤 오래 고민하다 한 사람을 떠올렸는데, 딱히 믿음이 가지 않아 나는 망설였다. 하지만 아무래도 그 아이를 만나야 할 것 같았다. 우제.

우제는 약속 시간에서 30분이나 지나 스타벅스에 나타났다. 희멀건 얼굴 위로 눈썹까지 수북이 덮인 머리, 아무렇게나 한쪽 어깨에 짊어진 가방, 헐렁한 교복을 입은 채 들어서는 우제를 보며 나는 짧은 한숨을 내쉬었다. 햄버거 매장 알바를 그만둔 이후 처음 보는 우제는 시들시들하고 헐벗은 나무처럼 보였다.

"잘 지냈어?"

주문한 음료를 가지고 의자에 털썩 앉은 우제에게 물었다.

"그냥 똑같지 뭐."

우제가 무뚝뚝하게 답했다.

"요즘도 자기 전까지 게임만 하는 건 아니지?"

답답한 마음을 어쩌지 못 할 땐 게임에 몰두하며 스트레스를 푼다던 우제의 말을 떠올리며 물었다.

"그 말 하려고 부른 거야?"

핀잔으로 느꼈는지 우제의 미간이 살짝 좁아졌다.

"그런 건 아니니까 얼굴 펴."

나는 우제를 향해 일부러 웃음기 섞인 투로 말한 다음 용건을 꺼냈다.

"너 혹시, 맥퀸한테 힙합 크루 배틀 프로그램 참여한다는 얘기 들었어?"

"응."

우제가 짤막하게 대꾸했다.

"다음 주까지 곡 만들어 오라는 얘기도?"

"들었어."

우제가 컵을 손가락으로 만지작거리며 대수롭지 않다는 투로 답했다.

"어쩔 셈이야?"

"뭘?"

도리어 우제가 반문했다. 가슴이 답답해 화가 치밀어 오르는 걸 간신히 누르며 나는 말을 이었다.

"곡 작업 시작해야 하지 않냐고. 시간도 많이 남지 않았는데."

우제는 별다른 말 없이 자기 앞에 놓인 망고 음료를 벌컥벌컥 들이켰다. 나는 우제의 기색을 살폈다. 우제가 작업을 시작한다면 중간중간 나에게도 도움을 줄 수 있을지 부탁해 볼 참이었다. 한참을 뜸 들이던 우제가 불쑥 예상치도 못한 얘기를 꺼냈다.

"안 하려고."

"뭐? 그게 무슨 소리야?"

나는 깜짝 놀라 물었다.

"나 이제 음악 안 해."

순간 머릿속이 하얘지는 것 같았다.

'그럼 이제 어쩌지.'

"재미없어졌어."

우제가 기지개를 켜듯 양팔을 위로 쭉 뻗었다.

"다 시시해."

우제의 눈가에 가득한 권태와 열의 없음에 나는 질릴 것만 같은 심정이 되었다. 우제에게는 뭔가를 기대하는 게 아니었다. 결국 혼자 헤쳐 나가야 할 일이었다. 나는 북받치는 갑갑함을 억누르며 우제를 쏘아보았다.

"야, 차우제."

내가 부르는데도 아랑곳하지 않고 우제는 창밖에 시선을 붙박아 둔 채였다.

"솔직히 난 너보다 네 음악이 좋았어."

그제야 우제의 고개가 천천히 움직이더니 내게 향했다.

"시시한 건 지금의 너야. 네 음악이 아니라고. 그러니까 괜히 음악 핑계 대지 마."

일순 우리 사이에 침묵이 감돌았다. 우제에게 더 하고 싶은 말은 없었다. 나는 자리에서 벌떡 일어섰다. 그러고는 놀란 표정으로 나를 쳐다보는 우제에게서 뒤돌아섰다. 문을 열고 밖으로 나서자 광선처럼 쏟아져 내리는 여러 개의 빛줄기가 시야를 어지럽혔다. 그 혼탁한 빛 사이로 어떤 이미지가 일어났다 사라졌다. 우제가 무슨 생각을 하며 세상을 살아가는지 모르겠다. 다만 우제에게는 그 어떤 말도 소용 없을 것 같았다. 어렴풋한 후회를 느끼며 나는 연한 빛의 장막 속으로 걸어 들어갔다. 모든 게 부질없게 느껴지는 순간이었다.

나는 앞을 향해 성큼성큼 걸어 나가다가 문득 뒤를 돌아보았다. 카페 통창 너머로 의자에 힘없이 걸터앉아 있는 우제가 보였다. 그럼에도 이렇게 별수 없이 건너다보게 된다. 우제가 어떤 모습으로 남아 있는지를.

7

 유주를 다시 만난 건 내가 자주 찾는 동네 성당 앞에서였다. 미사를 마치고 나오는데 그 애가 담벼락 앞에 서 있었다. 처음에는 잘못 본 줄 알았는데 가까워질수록 윤곽이 또렷해졌다. 나는 마음을 가다듬었다. 어째서 유주가 여기에 와 있을 수 있는 걸까. 점점 다가서는 나를 유주는 말끄러미 바라볼 뿐이었다.
 "여기는 어떻게 알고 왔어?"
 내 물음에 유주는 나를 응시하던 눈을 슬며시 내리깔았다. 가볍게 흔들리는 앞머리가 유주의 한쪽 눈가를 가렸다가 말았다가를 반복했다.

"네 인스타 보고."

유주가 시선을 아래로 내려 둔 채로 나지막이 말했다.

"내 계정은 어떻게 알았는데?"

"네 이메일 아이디랑 같던데."

한때 유주와 메일을 주고받았던 일이 퍼뜩 떠올랐다. 나의 인스타그램 아이디는 이메일 아이디와 똑같다. 별생각 없이 그렇게 했을 거다. 그런데 인스타그램에 언젠가부터 모르는 누군가가 나를 팔로우하고 있었다. 내가 모르는 그 유일한 팔로워가 너였구나. 나는 속으로 중얼거렸다. 진작에 비공개로 전환해 놓지 못한 걸 나는 후회했다.

"성당 위치가 태그된 게시물을 보고 찾아온 거야."

계정에는 아주 가끔 사진을 올렸을 뿐이었다. 언젠가 성당에 아빠를 위해 초를 봉헌한 사진을 올렸던 게 그제야 생각났다. 그런데 그걸 찾아보고 여기까지 찾아올 생각을 했다는 사실에 기가 찼다.

"여기까지 뭐 하러 와. 나한테 볼일 있어?"

나도 모르게 쏴붙이듯이 말했다.

"나한테 왜 그렇게 차갑게 구는데?"

유주가 서늘한 표정으로 되물었다.

"어디라도 가서 뭘 좀 마시자."

나는 주위를 둘러보며 말했다. 성당에서 사람들이 계속 빠져나오고 있어 계속 이곳에서 대치하고 있을 수가 없었다. 유주가 고개를 끄덕였다.

근처 카페를 향해 걷는 내내 우리는 말이 없었다. 유주는 애써 찾아온 자신을 조금도 환대하지 않고 쌀쌀맞게 구는 나를 서운해하는 것 같았고 나는 어째서 이런 식으로 유주를 마주쳐야 하는지 알 수 없어 점점 화가 났다.

"용건이 뭐야?"

카페에서 주문한 음료가 나오기도 전에 내가 물었다

"좀 친절하게 얘기해 주면 안 돼?"

"이게 난데 어쩌라고."

나는 괜히 신경질적으로 반응했다. 입술을 삐죽거리던 유주가 주섬주섬 가방에서 뭔가를 꺼냈다. A4 용지 크기의 종이 액자였다.

"이거."

액자 안에는 내 얼굴이 그려져 있었다. 연습생 생활을 그만두기 직전의 모습이라는 걸 나는 단박에 알 수 있었다. 나는 그때의 내 모습을 좋아하지 않는다. 데뷔하기로 한 걸그룹에서 제외된 후에도 기약 없이 한참을 연습생으로 머물러 있던 시절이었다. 같이 연습하던 친구들이 속속 데뷔하는 걸 쓰라린 마음으로 지켜보던 그때를 떠올리면 왠지 슬퍼지곤 한다. 그때의 내 사진을 들여다보면 겉으론 웃고 있지만 눈빛과 얼굴엔 생기가 없다. 그저 만들어 낸 웃음이라는 걸 다른 사람은 몰라도 나는 아니까. 그런데 하필 그 모습을 유주가 그려 온 것이었다.

"이게 뭔데?"

"내가 그린 네 모습. 나 요즘 미술 시작했어."

"유주 네가 미술 시작한 게 나와 무슨 상관이야. 그리고 나 이제 연습생 아니야."

"알아, 소이야. 그때의 네 모습을 간직하면 좋을 거 같아서 그려 봤어."

"네 동정이나 받으려고 연습생 그만둔 거 아니야. 도로 가져가."

유주의 얼굴이 삽시간에 굳었다. 이렇게 자꾸 매정하게 말하게 되는 게 스스로도 마음에 들지 않았다. 하지만 이렇게라도 하지 않으면 유주가 계속 내 주위를 맴돌 게 분명했다.

"소이야."

경직된 표정으로 침묵을 지키던 유주가 입을 뗐다.

"말해."

심했나 싶은 생각이 없지 않았던 나도 감정을 누그러뜨리고 유주를 바라봤다.

"어제, 아빠 기일이었어."

알고 있다. 우리 아빠의 기일도 어제였으니까.

유주의 아빠, 아저씨를 떠올리면 노르스름한 노을빛에 물들어 넘실거리던 바다가 같이 연상되었다. 저물녘 소멸하는 빛처럼 잔잔하고 고요하던 그 바다가 어떻게 순식간에 아저씨를 집어삼킬 수 있었는지 나는 아직 알지 못한다. 아빠가 그 바다에서 허우적거리던 유주를 안고 떠올랐을 때 아저씨는 보이지 않았고, 끝내 바닷속에서 빠져나오지 못했다. 아저씨는 자기 몫의 생명을 유주에게 남기고 떠난 것이었을까. 그럼 아저씨의 기일에 내 곁을 떠난 아빠 역시 그런 걸까. 아저씨가 뛰어든 그 바다에서 빠져나오지 못한 사이 아빠와 유주가 밖으로 떠오른 건 운명의 교차였을까. 사람들은 친구 사이인 아빠와 아저씨가 쌍둥이처럼 성격이 유순하며 자상하다고 했다. 사람들은 그런 두 사람의 비슷한 운명을 애꿎어하면서도 어떻게 기일까지 같을 수 있냐며 안타까워하곤 했다. 하지만 나는 그런 식으로 운명이 교차한다는 사실을 믿을 수 없었다.

"그거 알려 주려고 온 거야?"

나는 사납게 되물었다.

한때는 아저씨를 영영 잃은 유주에게 연민과 슬픔을 느끼기도 했다. 아빠의 기일이 아저씨와 겹치지 않았을 때까지는. 하지만 나는 아빠를 잃게 만든 그 모든 것들에서 벗어나고 싶었다. 심지어 아빠를 잃은 게 나 때문이라는 자책에서도. 그래서 나는 유주를 피했다. 유주에게서 어떤 동정도 받고 싶지 않다. 같은 운명을 가진 서로의 아빠 이야기를 하며 함께 가슴 아파하고 싶지 않다. 언젠가 마음에 굳은살이 박여 가볍게 넘길 수 있을 때가 오면 모를까. 그런데 그런 나를 유주는 가만 놔두지 않는다.

"아니."

유주가 고개를 저었다.

"예전에는 항상 아저씨가 아빠 기일에 찾아왔었잖아. 이번에는 내가 찾아가고 싶었어. 아저씨 기일에."

그날, 아빠와 엄마가 나누었던 대화가 떠올랐다.

'유주 아빠 기일에 가 보려고 했는데, 추가 근무 때문에 안 되겠네.'

'이제껏 매년 빼놓지 않고 다녀왔으면서 뭘. 사정이 있으면 한 번쯤은 못 갈 수도 있지. 유주 엄마도 이해할 거야.'

엄마가 서운한 기색으로 중얼거리는 아빠를 다독이며 말했다.

'그래도 이런 때라도 아이들끼리 한 번씩 봐야 하는데, 안 그러니?'

아빠가 나와 소령을 번갈아 바라보며 말했다.

'근데, 요즘 너무 무리하는 거 아냐. 꼭 쉬는 날까지 출근해야 해?'

'무리는 뭘, 벌 수 있을 때 벌어야지.'

엄마의 걱정에도 아랑곳없이 아빠는 나를 내려다보며 담담히 말했다.

아빠는 꼭 그날 근무를 해야 했을까. 차라리 휴가를 내고 아저씨의 제사에 갔더라면 그런 일은 없었을 텐데.

"그럴 필요 없어. 그러지 마."

나는 걷잡을 수 없이 번지는 생각들을 떨쳐 버리려 힘주어 말했다. 유주가 서운한 기색으로 나를 바라봤다. 나는 유주의 그런 말과 표정이 동정 같아 싫었다. 유주도 예전에 내게서 같은 느낌을 받았을까.

"이거 가져가. 그리고 앞으로 다시는 이렇게 찾아오지 마."

나는 액자를 도로 유주 앞으로 밀었다. 유주가 물끄러미 액자만을 내려다볼 뿐 답이 없어 나는 자리에서 일어났다. 멀어지고 싶었다. 나를 기억하고 연민하는 사람들에게서. 그런 생각으로 돌아서는데 뒤에서 유주가 내 손목을 덥석 잡았다.

"오늘 봤으니까 됐어. 이제 네가 연락할 때까지 찾아오지 않을게."

유주는 나를 빤히 쳐다보며 말을 마치고서야 손을 뗐다. 그러고는 나를 지나쳐 출입구 쪽으로 향했다.

"잘 있어."

그 말과 함께. 나는 카페를 빠져나가는 유주를 제자리에 서서 맥없이 바라보기만 했다.

8

 아카데미에 가야 할 시간인데 비가 쏟아졌다. 장마가 시작되고 나서는 금세 개었다가 시도 때도 없이 비가 내리곤 했다. 교문 앞에서 만난 진지에게 우산이 있기를 기대했지만 아니었다. 꾸물꾸물한 하늘에서 부슬비만 조금씩 뿌리고 있었으므로 우리는 우산 없이 걸어가 보기로 했다. 하지만 곧 그게 잘못된 선택이었음을 깨달았다. 얼마 안 가 세찬 장맛비가 좍좍 쏟아져 내리기 시작했기 때문이다.
 "편의점에서 작은 우산이라도 하나 사 갈까?"
 우산도 없이 비를 쫄딱 맞으며 걸어가는 우리를 딱하다는 듯 쳐다보는 사람들의 눈길을 의식하며 내가 물었다.

"난, 행복한데 왜."

진지가 천진난만하게 웃으며 말했다. 난 진지가 솔직해서 좋았다. 너무 진지할 때가 있는 반면 이렇게 대책이 없기도 한 진지 옆에서 나는 가끔 무장 해제된 듯 가벼워졌다.

"나 오늘 시 쓴 거 있는데, 좀 들어 볼래?"

진지가 가방에서 휴대전화를 꺼내 들자마자 액정 위로 비가 후드득 쏟아졌다. 진지는 빗방울을 손으로 연신 걷어 내며 메모장을 열었다.

"제목이 뭔데?"

"내 마음에도 비."

나도 모르게 웃었다.

"왜 웃어?"

"아니, 오늘 날씨랑 너무 잘 어울려서."

"잘 들어 보란 말이야."

진지는 목소리를 가다듬으며 메모장의 글을 읽기 시작했다.

"나는 너를 생각하면 잠이 온다. 너는 나의 수면제, 너는 나의 멜라토닌. 환한 낮이 지나고 밤이 되면 어김없이 나를 비추는 달빛 같은 너……."

거기까지 듣고 나는 웃음을 터뜨리고 말았다.

"야!"

진지가 버럭 소리를 질렀다.

"그럴 거야?"

"알았어, 알았어, 잘 들을게."

나는 새는 웃음을 어쩌지 못하고 알겠다고 했다.

"계속해, 계속."

나를 한 번 뾰족하게 노려보고는 진지가 다시 휴대전화를 들여다봤다. 그 애의 뺨과 턱을 타고 빗물이 땀처럼 흘러내렸다. 나름 진지한 진지를 보며 나도 웃음을 거두었다.

"비가 오면 나는 밤처럼 잠이 와. 그러고는 생각나는 너. 너를 생각하면 나는 수면에 빠져들고, 어느새 꿈속에서 네게 빠져들어. 너는 내게 어느새 잠처럼 빠져드는 사람……. 어때?"

"오…… 좋아."

나는 입을 오므리며 감탄사를 내뱉었다.

"근데 너 누구 좋아하는 사람 생겼어?"

"느껴져?"

진지의 얼굴이 살짝 불그스름해졌다.

"어."

"좋아하는 사람을 생각하니까 그냥 시가 쏟아지더라."

자기가 말해 놓고도 쑥스러운 듯 진지가 웃었다.

"그러니까, 그게 누군데?"

"네가 아는 사람."

"내가…… 알아?"

"네 친구 중에 그…… 음악 하는 애 있잖아."

그때까지만 해도 설마 하는 심정이었다.

"차우제라고……."

"뭐?"

진지의 입에서 우제의 이름이 나온 순간 나는 화들짝 놀라, "그런 애를 좋아해서 뭐 하게." 하고 말해 버렸다. 무심코 튀어나온 말에 나는 손으로 입을 가렸다. 우제에 대한 진지의 마음을 너무 가볍게 대하는 것 같아서.

"우제가 뭐 어때서. 넌 우제랑 너무 가까워서 그 애 매력을 잘 모르는 거야."

우제와는 셋이 몇 번쯤 만난 적이 있었다. 하지만 이제껏 한 번도 관심을 보인 적이 없던 진지의 고백이 조금 의외였다.

"자꾸 우제가 내 꿈에 무단 침입하는 거 있지."

진지가 울상이 되어 한숨 쉬듯 말했다.

"실은 만날 때마다 조금씩 좋은 감정이 느껴지긴 했는데…… 자꾸자꾸 생각나더라."

"아니, 대체 우제 어디가 좋은 건데?"

사실 우제가 꽤 신경이 쓰이는 아이이긴 하지만, 한 번도 이성으로 느껴 본 적은 없었다. 그래서 우제에 대한 진지의 감정이 사뭇 당황스럽기까지 했다. 기운 없이 두 팔을 늘어뜨리고, 앉기만 하면 몸을 뒤로 젖히는 우제가 대체 뭐가 좋아서.

"내 말 좀 들어 봐, 장소."

진지가 눈을 갸름하게 뜬 채 이어 말했다.

"그 애는 좀 남들에게는 없는 희소한 매력이 있어. 너랑 같이 볼 때마다 애가 야위어 가는 게 눈에 띄더라고. 그러니까 더 잘생겨 보인다는 느낌? 항상 완벽한 미남보다 그렇게 좀 망가진 듯하고 피폐한 모습이 더 멋져 보인다고 할까?"

이제껏 그런 생각을 어떻게 감추고 있었을까. 우제의 어디가 좋고, 또 어떤 면이 마음에 든다는 말이 계속 쏟아져 나왔다. 우제를 이렇게까지 좋게 여기는 사람은 또 처음이라 나 역시 당황스러울 수밖에 없었다.

"그래서 말인데…… 나 우제 좀 만나게 해 주면 안 돼?"

갈수록 가관이라고 생각했는데 진지는 작심한 듯 야무진 표정이었다. 진지는 진심으로 우제를 좋아하는 듯했지만, 그렇다고 우제가 관심이나 있을까. 우제가 뭔가에 관심을 갖는 걸 본 적이 없었다. 음악만 빼고. 그런데 그런 음악마저

하지 않겠다니.

"이 또라이!"

우제 생각에 몰두한 나머지 나도 모르게 외쳤다.

"지금 나한테 그런 거야?"

곁에서 걷던 진지가 몹시 깜짝 놀라며 물었다.

"아…… 아니, 미안. 딴생각을 좀 하느라."

"깜짝 놀랐잖아."

진지가 안도하며 말했다.

"비가 오니까 더 센티해지네. 나 우제랑 또 만나게 해 줄 거지?"

진지의 간청에도 나는 먼 데를 바라보며 딴청을 부렸다. 달뜬 마음으로 이야기하는 진지에게 실은 요즘 나와 우제 사이가 데면데면하다는 말을 차마 꺼낼 수가 없었다.

시 수업에는 오늘도 진지와 나뿐이었다. 우리와 같이 꾸준히 듣던 나머지 한 친구도 이제는 영영 이곳에 오지 않을 모양이었다. 수강생이 점점 줄어드는데도 선생님은 너희들뿐이냐며 푸념하지 않았다. 그저 "너희가 있어 좋다."며 미소를 지은 채 짧게 말했을 뿐이었다. 선생님은 평소에는 언제든 바싹 마른 나뭇잎처럼 보이다, 시에 관해 말하곤 할 때는 꼭 기체나 액체 속에 푹 잠긴 사람 같았다.

'그 사람의 색은 은은한 물색이다. 넘실거리는 파도처럼 이리저리 부서질 때마다 색을 덧입어 점점 투명하게 옅어진 그의 손을 만지려 하면 아무것도 잡히지 않을 것 같다.'
"장소, 뭐 해. 너 시 쓴 거야?"
진지가 어깨 너머로 기웃거리며 묻기에 나는 얼른 종이를 감췄다.
"시현이 뭐 질문 있니?"
시집을 들여다보며 설명하던 선생님이 고개를 들며 묻자 진지가 자세를 고쳐 앉았다.
"아뇨, 소이가 방금 노트에 쓴 시 보느라고요."
나는 원망스러운 눈초리로 진지를 노려봤다.
"그래? 좋은 일이네. 잘하고 있어, 소이야."
도리어 내가 칭찬을 받자 진지는 입술을 삐죽였다. 가만히 우리를 바라보며 뭔가 생각에 잠긴 듯하던 선생님이 곧 입을 열었다.
"그나저나 오늘은 비도 오고, 기분도 그렇고 하니까 조금 일찍 끝내고 요 앞에 떡볶이나 먹으러 갈까?"
진지는 선생님의 말이 끝나기도 전에 가방을 챙겼고, 나는 옆에서 멋쩍은 표정으로 고개를 끄덕였다.
떡볶이 가게는 조금 떨어진 재래시장 근처 건물에 있었다.

소문난 맛집이지만 비가 오는 탓인지 손님은 많지 않았다.

"선생님은 시 왜 쓰세요?"

컵 세 개에 물을 따르며 진지가 물었다.

"시현이는 그런 게 궁금해?"

젓가락을 짝 지어 우리에게 나눠 주던 선생님이 되물었다.

"별명이 진지라서 그래요. 이름 말고 진지라고 불러 주세요."

내가 옆에서 끼어들자 진지는 눈을 부라렸지만, 선생님은 방긋 웃었다. 그사이 주문한 떡볶이와 튀김이 나와 우리는 잠시 말을 멈추고 먹는 것에 집중했다. 말랑하고 양념이 촉촉하게 밴 떡볶이는 역시 입에 착착 달라붙었다.

"글쎄, 그렇게 물으니까 어렵네……. 뭐랄까 균형을 이루며 살고 싶어서 그렇다고 하면 이해가 될까?"

선생님이 뒤늦게 젓가락을 드는 모습을 보고 나는 깜짝 놀라 진지의 옆구리를 팔꿈치로 건드렸다. 우리가 떡볶이에 눈이 팔려 허겁지겁 먹는 동안 선생님은 내내 진지의 물음에 대한 답을 생각한 모양이었다.

"이렇게."

선생님이 김말이튀김 하나를 입에 넣어 삼키고는 앉은 채로 양팔을 벌렸다.

"삶이 내가 원하지 않는 방향으로 자꾸 기우니까 이렇게 평형을 이루기 위해 시를 쓰는 것 같아."

선생님은 뭔가 안간힘을 쓰는 표정 같기도 했다.

"좀 어렵지만 뭔지는 알 것 같아요."

고개를 끄덕이며 맞장구를 친 진지가 떡볶이 두 개를 한꺼번에 집어 입으로 가져갔다. 진지의 그 모습이 약간 우스꽝스러워 보였는지 선생님이 풋, 웃음을 터트렸다. 나도 전염된 것처럼 선생님을 따라 웃었다. 그러자 뒤늦게 웃음보가 터진 진지가 입에 있던 떡볶이를 내뿜는 바람에 사방에 국물이 튀었다. 선생님과 나는 함께 비명을 질렀다.

"슬픔에 마음이 저며도 만날 슬프지만은 않고, 기뻐도 너무 기쁘지 않은 상태로 사는 거."

옷에 묻은 빨간 국물을 아무렇지도 않게 쓱 닦아 내며 선생님이 덧붙여 말했다. 그 말이 어쩐지 서글프게 들려 가슴 한쪽이 아렸으나 나도 선생님 앞에서는 미소를 접지 않았다.

"뭐가 그렇게들 재미있을까. 이것 좀 더 드셔 봐요."

머리가 희끗하게 센 주인 할머니가 서비스라며 꼬마김밥을 내오셨다. 진지가 환호성을 지르는 동안 선생님은 "고맙습니다." 하고 고개를 꾸벅 숙였다.

"그런데 이 근방이 다 재개발된다던데요. 가게는 어떻게 돼요, 이제?"

선생님이 말에 할머니의 표정도 어두워졌다.

"그래서 곧 우리도 떠날 준비를 해야 해. 얼마 전에 여기 상가에서 누전 때문에 불이 붙어 철거 대상이 됐지 뭐야."

할머니가 한숨을 거푸 내쉬며 말을 이었다.

"오래 있어 봤자 위험하기만 할 텐데 이참에 안전한 데로 옮긴다 생각해야지, 뭐."

"그런 일이 있었군요, 이런. 저도 그런 일을 겪은 적이 있어서⋯⋯ 안전이 제일 중요하죠."

"선생님이요?"

나는 선생님에게 실례가 되는 질문인 것 같아 진지의 허리춤을 슬쩍 잡아당겼다.

"아니, 아는 사람이⋯⋯."

우리와 함께라는 걸 잠시 잊기라도 한 듯 당황한 선생님이 말끝을 흐리며 시선을 아래로 옮겼다. 왠지 알 것도 같았다. 괴로운 생각이나 고통이 파도처럼 밀려오면 평형을 잃지 않기 위해 두 팔을 펼치는 선생님의 심정을. 어느 감정으로도 치우치지 않으려는 선생님의 안간힘을. 그리고 말과 말을 이어 슬픔에 저항하는 방파제가 되어 주었을, 시를.

9

— 장소, 곡 잘 만들고 있어?

맥퀸의 메시지였다. 나는 어떻게 대답할지 잠깐 고민했다. 그사이 맥퀸이 연이어 물었다.

— 그나저나 너 우제 연락되냐? 전화를 통 받질 않네.

우제가 맥퀸의 연락도 피하는 모양이었다.

— 연락 안 해 봤어요.

— 아 정말 그 녀석, 꼭 한 번씩 이런다니까.

— 음악 할 생각 없대요, 이제.

나는 순순히 그 사실을 말해 버렸다. 어차피 맥퀸도 알게 될 테니까. 우제는 대개 연체동물처럼 흐느적거리면서 대충

살긴 하지만 어떤 때는 한다면 하는 애이기도 했다. 아주 가끔, 바로 이런 때.

―뭐? 너한테 그래? 그래서 잠수 탄 거야?

―그건 모르겠어요.

―혹시 너희 둘이 싸우기라도 했니?

―그냥 그래요…….

맥퀸의 거듭된 물음에도 나는 시큰둥하게 답했다.

― 애들도 아니고 왜 그러냐 너희들. 장소, 우제 네 친구지?

―그건 그렇죠.

―그럼 각자 따로 작업할 거 없이 둘이 합심해서 한 곡 만들어 봐.

―우제 잠수 탔다면서요.

―그렇지만 우제는 네 친구잖아.

동문서답 같은 말을 주고받다 맥퀸과 나의 대화는 거기서 끊겼다. 네 친구잖아. 나는 맥퀸이 던진 그 말을 곰곰이 씹어 보았다. 우제와 나의 관계를 단순히 친구라고 규정하기엔 뭔가 불분명한 것 같았다. 그럼 어떤 사이인 걸까. 나조차도 설명하기 어려웠다.

―알았어요. 연락 한번 해 볼게요.

한참을 주저하다 맥퀸에게 그렇게 답장을 보냈다.

우제가 어디서 뭘 하고 있는지 궁금해지긴 했다. 우제와 곡을 같이 만들라니. 예전에는 우제에게 도움을 받고 싶었지만 지금은 아니었다. 어떻게든 음악을 스스로 개척해 나가고 싶었다. 연습생 때처럼 누군가에게 보이기 위해서가 아니다. 나의 내밀한 얘기들을 내뱉는 랩이 이따금씩 나에게 작은 위안이 되었으니까. 하지만 어쨌든 우제를 끌어낼 좋은 핑계가 생긴 건 사실이었다.

우제에게 전화를 걸었다. 신호음이 계속 이어졌지만 우제는 받지 않았다. 이번엔 단단히 마음을 먹었나. 어쩐지 갈증이 났다. 다 필요 없고 비트, 비트가 필요하다. 헤드폰을 썼다. 아무 소리도 들리지 않는다. 피아노 음이 필요하다. 똑똑 떨어지는 빗물처럼 단일하고 명료한 피아노 음이 적막을 깨고, 슬랩 베이스 리프가 뒤를 따른다. 이 소리를 기본 비트로 삼는다. 몇 마디가 흐르고 신시사이저 전자음이 배경처럼 깔린다. 비피엠은 90에서 100 정도를 유지한다.

다리 위를 천천히 걸으면서 나는 주위를 둘러보았다. 사람을 가득 실은 버스 한 대가 뒤뚱거리며 스쳐 갔고, 건너편 도로의 조명 불빛이 강물에 비치어 어룽거렸다. 다시 연주가 들려오기 시작한다. 피아노, 베이스, 신시사이저의 음이 이

내 합쳐지고, 쓰리, 투, 레디……. 뭔가 곡이 될 것도 같았다.

막다르고 외진 길 앞 네가 느낀 감정 뭐였는지 대체 난 알 수 없지 그러니 내 앞에 와서 알려 줘 come in front of me 네가 가진 두려움에 대해 프런트에서 체크아웃해 두려움.

앞쪽은 랩보다 노래 형식으로 불러 봐야겠다. 훅을 넣어 반복하는 것도 괜찮을 것 같다. 노래는 다시 부르지 않기로 했지만 일단 만들어 보기로 했다. 다리를 절반쯤 지났을 때 삼색 고양이 한 마리가 내 발치께로 다가왔다가 느릿느릿 멀어졌다. 리듬을 타고 손가락들이 저마다의 감각으로 움직였다. 리듬과 음이 흐르는 대로 몸을 내맡기고 조금 빠른 듯이 걸었다.

들려오던 모든 소리가 갑자기 멈춘 건 걸려 온 전화 때문이었다. 액정을 보니 우제였다. 우제는 내가 전화를 하면 제때 받는 법이 없었다. 나도 안 받으려다가 맥퀸의 말을 떠올렸다. 어떻게든 우제와 함께 곡을 만들어 오라는 얘기. 나는 통화 버튼을 눌렀다.

"전화했었어?"

나른한 목소리였다. 자다 일어난 모양이었다.

"야, 차우제."

"어, 얘기해."

"맥퀸이 너랑 같이 곡을 만들어서 보내 달래."

헛기침을 한 번 내뱉고는 우제가 느릿하게 대답했다.

"나 음악 안 한다니까."

"야!"

"깜짝이야. 왜 소리를 질러."

"너, 날 뭘로 생각하는 거야?"

"그건 또 무슨 말이야."

역시나 귀찮아하는 듯한 말투였다.

"너 그거 알지. 내가 너한테 일자리도 소개해 주고, 싸움도 말려 주고, 공부도 봐 주고, 음악 이론도 가르쳐 주고, 없는 용돈에 간식도 사 주고 다 한 거."

"갑자기 웬 생색……."

"넌 나하고 음악 작업 한번 같이하는 게 그렇게 어려운 일이야?"

휴대폰 너머에서 우제가 숨을 가다듬는 소리가 들렸다.

"아니, 그런 건 아닌데……."

"그런 게 아니라면 같이 한번 해 보는 거 나쁘지 않잖아. 나도 가사 써 놓은 것도 있고 준비는 돼 있어."

"그래?"

큰소리치긴 했지만 사실 제대로 완성한 가사가 없단 얘긴 하지 않았다. 하지만 효과가 있었는지 우제가 어름어름 뜸을 들인 끝에 내 제안을 받아들였다.

"……알겠어. 마지막으로 한 곡만 같이 만들어, 그럼. 그 후에는 더 이상 음악 하지 않을 거니까 귀찮게 하지 말고."

"당연하지! 귀찮게 하기는커녕 얼굴도 안 볼게.

"그건 너무 심한 거 아니냐."

우제가 심드렁하게 말했다. 나를 아예 안 볼 생각은 없는 모양이었다.

"좋아. 작업은 언제 어디서 할까?"

"우리 집에서 아무 때나. 급한 건 아니잖아."

"그다지 여유 부릴 수 있는 상황은 아닌 거 같은데."

나는 우제의 말에 곧바로 반박했다.

"휴, 누가 성격 급한 장소 아니랄까 봐. 다음 주 토요일은 어때?"

"좋아. 그런데 집에 너희 부모님 계시는 거 아냐?"

"엄만 누가 와서 뭘 하든 신경 안 써. 그러니까 그냥 와."

우제가 자기 방에 작업실을 만들어 놓았다는 얘기를 듣기만 했지 가 본 적은 없었다. 우제의 집은 처음 가는 데다 그 애 부모님까지 생각하니 막상 신경이 쓰였다. 하지만 지금은 그런 게 중요한 게 아니었다. 나는 우제의 마음이 또 변할까 싶어 "그럼, 그날 찾아갈게. 그때 봐!" 외치고 얼른 통화 종료 버튼을 눌렀다.

전화를 끊자 서서히 차오르는 질문이 있었다. 우제와 나를 연결하고 있는 것이 과연 무엇일까. 어쩌면 우제 자체가 나에겐 질문인지 모른다. 하지만 나는 지금까지 우제에게서 어떤 답도 찾을 수 없었다. 그 답을 얻기 전까지 나는 우제를 끊어 내지 못할지 모른다.

문득 아빠가 생각났다. 아빠는 이런 나를 보면 뭐라고 할까. 언제나 내 편이었던 아빠는 아마 어떤 상황에서도 끝까지 마음을 다해 보라고 했을 것이다. 아빠를 생각하자 나는 갑자기 외로워졌다. 내 마음을 다정하게 읽어 주는 사람이 이제는 세상에 없다는 생각에 스르르 기운이 빠져나가 버리는 듯했다. 늦가을 낙엽처럼 힘없이 바스러지는 기분이었다.

10

"오후에 소령이 보러 가려고 하는데, 같이 갈래?"

엄마가 베란다에서 이불을 널다 내게 말을 걸었다. 가사를 완성할 시간도 촉박한 터라 나는 건성으로 대꾸했다.

"지난번에 다녀왔잖아."

엄마가 고개를 빼고 나를 쳐다보는 게 느껴졌다. 내 말을 귀담아듣는 눈치가 아니었다.

"엄마 갈 때라도 안 보면, 너희들 1년에 한두 번 보는 사이 되고 말 거야."

엄마는 자기가 생각한 건 어떻게든 관철하는 사람이다. 아마 원하는 대답이 나올 때까지 계속 잔소리를 할 것이었다.

"금방 올 거야? 나 할 일 많은데."

"어차피 오래 못 있어. 엄마도 할 일 많은데 가는 거야."

엄마가 힘을 주어 말했으므로 나는 어쩔 수 없이 알겠다고 했다. 평소에 같이 가자는 얘기를 별로 하지 않던 엄마가 오늘은 왜 유독 그러는지 알 수 없었다.

내가 연습생을 그만두었을 때, 엄마와 아빠는 이사를 결정했다. 그즈음 아빠는 시설 관리원으로 막 일을 시작한 참이었다. 때마침 집 전세 계약이 끝났는데, 우리는 집주인이 올린 전세금을 충당할 여력이 없었다. 아빠가 상가에서 일하게 된 건 다행한 소식이었지만, 동시에 서글픈 일이었다. 오래 살던 곳을 떠나야 한다는 의미였기 때문이다.

나는 엄마와 아빠의 결정에 순순히 따르기로 했지만, 소령은 아니었다. 다니던 중학교를 졸업하면 인근의 자율형 사립고에 가고 싶다고 고집했다. 하는 수 없이 엄마와 아빠는 이모라는 대안을 생각해 냈다. 그렇게 소령이 이모네 집에 함께 산 지 벌써 여러 해였다. 소령은 원하던 자사고가 아닌 일반 고등학교에 다니고 있지만, 지금까지 우리 가족은 함께 살지 못하고 있다.

소령은 여전히 내게 불편한 감정을 품고 있다. 아마도 내가 기획사에 들어간 이후 엄마 아빠의 관심과 이런저런 지원을 받았던 일이 소령에게는 소외감을 준 것 같다. 그 소외감과 박탈감만큼 집에서 멀어지고 싶었나 보다. 그래서 나는 소령을 만나면 괜히 미안해진다. 내가 데뷔해서 잘되었더라면 적어도 우리 가족이 떨어져 살지 않아도 되었을 것이다. 그랬다면 우리에게도 한 번쯤 마음을 터놓을 기회가 있었을까.

이모네 집에 가서야 나는 엄마가 왜 함께 오자고 했는지 알았다.

"우리 이제 같이 살지 않을래, 소령아?"

이모가 잠시 마트에 간 사이 엄마가 단도직입적으로 말했다.

"엄마가 이리로 오면 안 돼?"

"안 된다는 거 알잖아. 그렇다고 언제까지 우리가 따로 살 순 없어. 이모한테도 민폐고."

"돈 때문이지?"

소령이 엄마에게 차갑게 물었다.

"돈 때문이 아니야. 오해 마. 우리가 언제까지 떨어져 지내야 하니. 아빠도 안 계시는데."

"그럼, 어쩌라고. 맨날 내가 양보해?"

"애처럼 고집 부릴 거야?"

소령이 고개를 돌려 나를 노려봤다.

"장소이는 원하는 거 다 해 줬잖아."

"소령아!"

엄마가 큰소리를 냈다. 나는 고개를 숙였다. 언제나 면목이 없어지는 건 나였다.

"왜 난 원하는 대로 하면 안 되는데."

"너 정말 이럴래!"

엄마가 목소리를 더 높였다.

"왜 맨날 나만 갖고 그래!"

소령이 눈두덩에 손을 가져다 댔다. 엄마와 나는 그런 소령을 우두커니 쳐다보다가 서로를 맞보았다. 넌 할 말 없니? 그렇게 묻는 듯한 엄마의 시선을 나는 외면한다. 소령이 먼저 울어 버려서 엄마는 못 운다. 엄마가 울고 싶은 심정이라는 걸 나는 잘 알지만 소령에게는 뭐라고 할 수가 없다. 겨드랑이에 땀이 찼다. 날씨는 구슬프게 흐렸고 나는 또 여기 없는 아빠 생각에 착잡해졌다.

"너 그러면 영원히 혼자 살아. 아주 배은망덕해서 자기 생각만 한다 이거지. 엄마 얘기 한 번 제대로 들어준 적이 없어, 너는."

소령이 어깨를 들썩이며 흐느끼자 엄마가 허공으로 시선

을 돌려 버린다. 삐삐빅 비밀번호가 누르는 소리가 들리더니 현관문이 열렸다. 이모가 발치에 비닐 봉투를 내려놓으며 말했다.

"언니, 오늘 애들이랑 월남쌈 해 먹자."

속상해하는 모습을 보이기 싫어 몸을 돌린 엄마와 울고 있는 소령을 보고 이모는 놀라서 커진 눈으로 나를 보았다.

괜찮아, 괜찮아, 이모.

내 눈짓에 이모의 눈이 평소 크기로 돌아간다.

괜찮은 거지?

응, 매번 있는 일이잖아.

빠르게 눈짓을 주고받은 이모가 주방 쪽으로 향했다. 이모가 개수대 앞 창문을 활짝 열고, 사 온 것들을 냉장고에 정리하는 동안 엄마가 소리 죽여 소령을 향해 말했다.

"네가 뭘 잘했다고 울어. 그치지 못해!"

"자꾸 내가 뭘 어쨌다고."

엄마는 화를 삭이지 못했고, 소령은 억울해했다.

하지만 그날 이모가 차린 저녁 식사를 가장 맛있게 먹은 사람도 엄마와 소령이었다. 엄마는 몇 번이나 쌈을 싸서 소령의 입에 넣어 주었고, 소령은 넙죽 받아먹었다. 나는 이제 안다. 사실은 엄마와 소령이 서로를 얼마나 애틋하게 그리

위하는지를. 때로는 서로를 격렬히 미워하면서도 또 가끔은 깊이 껴안으려 한다는 것을. 그런 방식으로 엄마와 소령은 서로를 놓지 않고 있었다.

이모가 차린 저녁상에는 월남쌈에 나박김치, 가지무침, 고구마줄기처럼 엄마가 좋아하는 음식이 많았다. 이모는 밥을 먹는 내내 "맛 괜찮아, 언니?" "괜찮지, 소령아?" 하며 두 사람을 챙겨 주었다. 괜찮냐고 물어봐 주는 이모가 있어 다행이라는 생각이 들었다.

결국 이번에도 소령을 설득하지 못한 채 이모 집을 나섰다. 버스에 올라탄 후에도 엄마는 기운을 모두 소진한 사람처럼 힘없이 앉아 있었다. 누군가 열어 둔 버스 창문 사이로 들어오는 바람에 윤기 없는 머리카락 몇 가닥이 엄마의 뺨을 어지럽혔다. 뒤쪽으로 단단히 고정해 한데 묶은 머리 사이로 흘러내린 머리칼이었다. 나는 문득 엄마의 젊은 시절이 궁금해졌다. 엄마는 자유롭고 반짝반짝 빛나는 사람이었을 것 같다. 하지만 지금은 생기 없는 엄마의 얼굴. 먹고살 방법 말고는 다른 생각을 못 하는 듯한 엄마의 옆모습을 보면 괜스레 마음이 짠해진다.

"넌 언니가 돼서 소령이한테 말 한 마디를 못 하니? 같이 살자 했었어야지. 지원군으로 데리고 왔는데 아무 소용이 없군."

엄마가 허탈한 웃음을 흘리며 말했다.

"미안해서."

"뭐가 미안해?"

엄마가 고개를 꺾으며 물었다.

"언니로서 소령이에게 별로 해 줄 수 있는 게 없어서."

"소이야."

"응?"

"엄마가 속상해서 한 소리 가지고 못난 생각 하지 마. 언젠가 소령이도 널 이해할 거야. 조금만 기다려."

그게 언제일지 모르겠지만 나는 알겠다고 했다. 그러면 엄마 마음이 조금 풀릴까 싶어서. 엄마가 다시 창밖으로 고개를 돌렸다.

"소이야."

"응, 엄마."

"좋다."

"뭐가?"

"바람이. 오랜만에 바람이 좋다. 너랑 있어서 그런가?"

"시원해?"

"진짜 시원해."

"일하느라 힘들지?"

엄마가 다시 내게 고개를 돌렸다.

"그런 말도 할 줄 알아, 너?"

"그럼. 내 나이가 몇 갠데."

"소이야."

가벼운 미소를 지어 보이곤 엄마가 나를 지긋이 바라봤다.

"넌, 너 하고 싶은 대로 해 알았지?"

"왜 갑자기?"

"이건 비밀인데, 아빠가 요즘 자주 꿈에 나타나서는 너한테 그렇게 얘기해 주라고 하더라."

엄마가 아빠 얘기를 꺼낸 건 정말 오랜만이었다. 그립고 보고 싶을 텐데도 엄마는 아빠에 관한 얘기를 꺼내는 걸 썩 좋아하지 않는 눈치였다. 그러다 보니 나도 아빠 얘기를 잘 하지 않게 된다. 아빠는 분명히 있던 사람인데 유독 우리 사이에만 없던 사람이 되었다. 만지면 데고 마는 뜨거운 주전자처럼 건드리지 않는 주제로 박제되었다.

그런데 엄마는 왜 오늘따라 그런 얘기를 해서 나를 울릴까. 여기는 버스 안인데. 차창 밖을 아득히 바라보는 엄마를 보며 나는 겨우 눈물을 삼켰다. 엄마의 마음 안에 애틋한 그리움이 고여 있다는 걸 알 것 같았다. 아빠가 엄마 곁에 여전히 머물러 있고, 엄마 역시 그렇다는 사실을.

11

 모처럼 만에 푹 자고 일어난 일요일이었다. 흐린 날씨 탓인지 집 안은 어둑했다. 엄마는 모임에 갔는지 없고 식탁 위에 우유와 샌드위치가 놓여 있었다.
 '소이, 오늘 엄마 운동하러 가는 거 알지? 잘 챙겨 먹고 있어. 저녁에 올게.'
 메모를 읽으며 샌드위치를 한 입 베어 먹자 고소한 맛이 느껴졌다. 감자와 계란을 으깨 만든 엄마표 샌드위치. 아빠가 특히 좋아해 엄마가 가끔 도시락으로 싸 주던. 아빠가 좋아하던 걸 먹거나 만질 때면 아빠가 어딘가로 떠났다가 금세 돌아올 사람 같았다. 그러다 곧 현실을 자각하게 되지만.

샌드위치 한 조각을 다 먹었을 때 휴대전화 메시지 알림음이 들려왔다.

— 아카데미 시간 바뀌어서 오늘 하는 거 알지? 일찍 만나서 카페 가자.

아차. 이번 주 시 수업 시간이 바뀌었다는 걸 잊고 있었다. 나는 남은 샌드위치 조각들을 한꺼번에 입에 욱여넣고 식탁을 정리한 다음 화장실로 뛰어 들어갔다. 칫솔을 쥐고 거울을 보니 내 모습이 어쩐지 아빠를 닮아 있었다. 아침에 허둥지둥하는 건 아빠나 나나 마찬가지였다. 그리고 자주 넘어지는 것도. 나는 길에서, 아빠는 인생에서. 아빠는 내가 길에서 넘어져 무릎을 다쳐 오곤 하면 항상 첫돌 때 돌떡을 해 주지 않아서 그렇다고 장난스레 주장하곤 했다. 이제 와 생각해 보니 돌떡을 먹어야 할 사람은 내가 아닌 아빠가 아니었을까.

진지를 기다리는 동안 가사를 썼다. 틈이 날 때마다 가사를 쓰고 또 고쳤다. 하지만 쓰면서도 이런 얘기를 정말 해도 될까 염려가 됐다. 혹시 누군가 네 얘기가 아니냐고 물어보면 어떻게 대답해야 할지 걱정스러운 마음이 들 정도로 나의 얘기가 너무 많이 들어간 가사였다. 한편으로는 그걸 누가 알아보거나 알아줄까도 싶었다. 어쩌면 평생 음악이 되기는커녕 아무 관심조차 받지 못할 수도 있을 텐데.

"뭐 우울한 일 있어? 나도 그런데!"

시간 맞춰 도착한 진지는 내 마음을 귀신같이 알아채고는 디저트 카페로 앞장섰다.

"잠깐!"

초코크레이프를 스푼으로 뜨려는데 진지가 휴대전화를 들고 외쳤다.

"사진 찍어야지."

요즘 진지는 SNS에 동영상과 사진을 올리는 데 열심이다. 가끔 나더러 너는 춤과 노래 다 되지 않냐며, 숏폼에 올릴 영상을 같이 찍자고 하지만 난 그때마다 고개를 절레절레 흔든다. 춤과 노래는 다시는 하지 않기로 했다고 알려 주면서.

"근데 너는 왜 우울한데?"

진지가 촬영을 마치고 나서야 케이크 한 숟갈을 떠 먹으며 내가 물었다.

"나, 어제 박민규랑 끝냈거든."

진지는 끊임없이 사람을 좋아했다. 그리고 금세 마음을 정리했다. 그런데 정작 진지가 마음을 다하는 사람은 없어 보였다.

"시작은 하기나 한 거였어?"

내가 약간 놀리듯이 말하자 진지가 팔꿈치로 옆구리를 찔렀다.

"쳇, 썸이었거든? 걔는 좀 안 기다려 주더라고."

"뭘?"

"발걸음도 맞춰 주지 않고 혼자 앞서 걷는 스타일이더라고."

"그게 서운해서 마음 정리했다는 거야?"

"응. 네가 안 해 봐서 모르는데, 연애에 있어서 가장 중요한 게 바로 그런 사소한 거라고. 서로 맞춰 주는 거."

나는 새어 나오는 웃음을 참지 못했고 진지는 그런 나를 타박했다. 그러다 은근슬쩍 물었다.

"근데 있잖아, 장소. 우제 요즘 많이 바쁘니?"

"그새 새로운 사랑이 필요한 거야?"

"아니, 그런 건 아니고. 같이 한번 봤으면 좋겠어서."

"곧 우제 작업실에 곡 녹음하러 갈 건데, 같이 가자."

"그래?"

내 말을 한껏 반기던 진지의 표정이 다시 시무룩해졌다.

"아니야. 너희 작업에 방해만 되지. 그냥 나중에 우제랑 따로 만나게 해 주면 안 돼?"

언제 침울해했냐는 듯 진지가 표정을 펴며 제안했다. 그러고 보면 진지에게는 아주 심각한 절망도 대단한 기쁨도 없는 것 같다. 나는 진지의 그 단순하고 평범함이 갑자기 부러워졌다.

"그런데 장소. 가사는 다 썼어?"

"응, 거의."

"마음에 들어?"

"글쎄. 난 괜찮은데…… 다른 사람은 어떻게 생각할지 모르겠어."

"선생님에게 보여 드려 봐. 네가 쓴 가사 보고 싶어 하시잖아."

한번 그래 볼까, 하고 마음 한구석에 조그맣게 피어났던 용기가 내 안에서 절로 뭉개졌다. 그 가사에는 내 이야기가 담겨 있다. 아직은 누구에게도 말해 본 적 없는.

시 수업은 평온했다. 단지 둘뿐이라 선생님과 밀착되어서 그런지 수업은 더 좋았고 점점 편안해졌다. 시를 통해 내 마음을 점점 꺼내 보는 연습을 하면서, 버리지 못하고 쌓아 놓기만 해 부패했던 마음의 무게가 조금씩 덜어지는 느낌이었다.

"소이, 시현이 모두 시 쓰는 실력이 날이 갈수록 느네. 기쁘다."

선생님은 미소 짓고 있었지만, 왠지 쓸쓸한 쪽에 가까워 보였다.

"그런데 아쉽게도 말이야."

그래서 조금 더 쉽게 예감했는지도 모르겠다. 내가 원치 않는 일이 일어날 거란 예감. 좋은 일은 언제나 불행의 그림자를 달고 온다. 동전의 앞뒷면처럼, 나쁜 일 또한 제 얼굴을 드러내기 마련이다. 나는 입을 꾹 다물고 침을 삼켰다.

"오늘이 우리 마지막 수업이 될 것 같아."

진지가 외마디 비명을 지른 후 양손으로 입을 가렸다.

"아카데미에서 수강생이 많지 않아 폐강하기로 결정했다고 해."

오늘도 다른 수강생이 없으니 더 좋다는 생각을 했는데, 그게 폐강의 이유가 될 줄은 상상도 하지 못했다.

"제가 지금이라도 애들 모아 오면 안 돼요?"

진지가 손을 번쩍 들며 물었다. 그러자 선생님이 방긋 웃었다.

"고마워. 그 마음 기억할게."

"이렇게 갑자기 끝나는 게 어디 있어요."

부루퉁한 표정으로 입을 내밀고 진지가 말했다. 하지만

나는 옆에서 한마디도 거들지 않았다. 서운한 감정이 들면 나는 말이 잘 나오지 않는다. 오래 선생님과 시를 읽고 싶다는 바람이 이기적인 건가. 내 바람이 너무 제멋대로여서 운명이 내게서 선생님을 떼어 놓으려고 하는 걸까. 그러고 보면 신은 내 기도를 들어준 적이 없다. 아이돌이 되고 싶다던 나의 소망은 물론 아빠를 다시 세상으로 돌려보내 달라는 기도에도 응답해준 적이 없다.

"일찍 말 못 해서 미안해. 나도 어떻게든 더 해 보려 했는데 이렇게 됐네. 공공 사업이니까 더 많은 사람이 참여할 수 있는 강좌를 운영해야 한다는 건, 나도 이해할 것 같아. …… 소이야."

선생님이 나를 향해 눈길을 돌렸다. 나는 아무 대답도, 고갯짓도 하지 않았다.

"앞으로 계속 시 쓰긴 해야 해, 알겠지?"

그저 선생님의 눈길을 그대로 마주하는 것 말고는 아무것도 할 수 없었다.

"저는요, 선생님?"

옆에서 진지가 끼어들었다.

"당연히 시현이도 그렇지."

선생님이 빙긋이 웃었다. 마지막까지 웃음을 잃지 않는

선생님 덕에 눈물까지는 보이지 않아도 되었다. 가만히 있다가도 별안간 눈물이 그렁그렁해져 항상 진지한테 놀림받는 나인데.

"선생님, 그럼 오늘 지나면 이제 못 보는 거예요?"

진지의 물음에 선생님이 느리게 고개를 저었다.

"다음에 보면 되지. 같이 뭐 먹으러 갈 때?"

어른의 이별은 참 쉽다고 생각했고 그러자 선생님이 좀 원망스럽게 느껴졌다. 그 사실을 이제야 이야기해 준 것도 새삼 야속했다.

그다음 학원으로 가야 하는 진지는 교실 앞에서 선생님을 수도 없이 안은 다음 겨우 돌아섰다. 이제야 시를 좋아하게 되었는데 오늘이 마지막 수업이라니, 나야말로 발길이 떨어지지 않았다.

"좀 걸을까?"

선생님의 제안에 우리는 함께 걸었다. 여름이 가고 가을이 성큼 다가오나 싶었다. 난데없는 바람에 옷깃이 들추어졌다. 왠지 그 바람이 내게서 뭔가를 앗아 가려고 하는 것만 같았.

"소이는, 헤어진다는 게 무슨 의미라고 생각해?"

"모르겠어요."

나도 모르게 조금은 퉁명스럽게 대답했다.

"우리는 어떤 상태가 영원하길 바라지만 그 마음을 놓아야 하는 순간도 있어. 이별은 그걸 알게 해 준다고 생각해. 그래서 헤어지는 일에도 용기가 필요한 것 같아."

선생님의 창백한 옆모습은 무덤덤한 동시에 쓸쓸해 보였다. 마치 오늘 소중한 무엇인가를 잃은 사람 같았다.

"그러니까 너무 실망하지 마, 알겠지?"

"……네."

나는 고개를 주억거렸다. 그때 진지와 나눴던 대화가 더럭 생각났다.

"선생님. 제가 쓴 랩 보고 싶다 하신 거 혹시 기억나세요?"

"아, 맞다. 소이가 만든 음악 나 정말 궁금한데, 그걸 못 보고 가네."

"제가 나중에 꼭 보여 드릴게요."

"말 나온 김에 지금은 안 돼?"

"지금요?"

"응."

나는 잠시 고민하다 그러겠다고 했다. 지금이 아니면 다시는 기회가 없을지도 모르니까.

"그럼, 메시지로 보내 드릴게요."

"그래. 그럼 다음에 만나서 소이 음악 얘기도 나누면 좋겠다."

우리는 버스 정류장에서 다음을 기약하고 헤어졌다. 집에 가는 버스가 몇 번이나 왔지만 나는 금방 또 온다며 타는 걸 미뤘고 선생님은 나를 향해 싱긋 웃었다. 선생님의 집으로 향하는 버스가 나타나자 선생님은 나의 어깨를 짚었다.

"잘 지내, 소이야."

"네, 선생님."

아쉬웠지만, 나는 최대한 담담하게 답했다. 헤어짐에는 용기가 필요하다는 선생님의 말을 떠올리며. 그리 대단한 일이 아닌 것처럼 넘겨 버리는 것도 이별의 방법이었다. 우연한 만남이 그렇듯 우연한 이별을 받아들이는 데도 용기가 필요하다는 걸 나는 차츰 알아 가고 있는 것 같았다. 버스에 앉은 선생님이 나를 향해 손을 흔들었다. 의자 등받이에 기대 웃는 선생님의 얼굴에도 내가 쏟아 내지 못한 아쉬움과 슬픔이 깃들어 있다는 것을 느낄 수 있었고, 비로소 위안이 되었다. 나는 메모장 안에 있는 가사를 선생님에게 메시지로 보냈다. 그사이 내가 타야 할 버스가 도착했다. 앞서 보낸 몇 번의 버스보다 더 북적였다. 손잡이를 잡고 서서, 내가 뭔가를 지나쳐 가는 게 아니라 많은 것들이 나를 스쳐 떠나가는 것 같다고 생각했다. 이제 버스를 타고 이 근처로 올 일은 드물 테니까. 그때 선생님에게서 답장이 왔다.

— 소이야, 혹시…… 이거 네 얘기니?

역시 선생님에게는 보이는 걸까. 나는 잠시 망설이다 사실대로 말했다.

— 그렇게 느껴지세요? 네, 제 마음을 좀 꺼내서 썼어요.

— 그럼 소이 주위에…… 8월 14일에 정의상가에서 나오지 못한 분이 계셨던 거니?

갑작스레 가슴 한편이 저려 왔다. 언젠가 이 랩이 세상에 공개되면 다른 누군가 내게 이렇게 물을까 겁이 나서였다. 아무래도 이 가사는 폐기해야 할지 모른다. 하지만 당장 선생님에게만은 사실을 털어놓고 싶었다. 누구에게도 말하지 않은 비밀을.

— 네, 아빠예요.

선생님에게 답장을 받은 건, 한참 뒤 버스가 집 근처 정류장에 거의 다다른 즈음이었다.

— 소이야.

나는 바로 답장을 보내지 않고 잠시 기다렸다. 선생님이 아직 할 말이 있는 것 같아서.

— 내가 알던 사람도 그곳에서…….

후드득 채찍비가 쏟아지며 유리창을 따닥따닥 때리는 사이 선생님의 메시지가 이어 도착했다.
― 나오지 못했어.

12

아빠가 출근한 그날 오후, 불은 상가 1층의 식당가에서부터 시작되었다. 오래된 환풍기 모터가 과열되어 터지면서 생긴 불꽃이 벽과 냉장고 사이의 기름때에 옮겨 붙은 게 화재 원인이라고 했다. 불꽃은 환풍기 팬을 통해 순식간에 식당가 전체로 퍼진 다음 2층 패션 잡화 매장들을 덮고 3층 생활관까지 뻗쳤다. 그 와중에 스프링클러가 작동되지 않은 데다 화재 방송이 제때 이뤄지지 않아 피해를 키웠다는 사실이 경찰과 소방 당국의 조사를 통해 드러났다. 평소 상가에서 화재 경보기가 자주 오작동하는 바람에 실제 화재로 경보기가 울렸을 때조차 이를 심각하게 받아들인 사람은 없었다. 어떤 신문 기사는 평소 상가 관계자들 사이에서 안전 불감증이 심했다는 사실을 전했고, 또 다른 기사에서는 그동안 소방 안전 점검이 부실하게 이뤄졌다는 내용이 다뤄졌다. 낡은 상가 앞 골목에 대형 소방차가 진입하기 어려웠다는 사실도 기사에서 확인할 수 있었다.

상가 시설 관리원이었던 아빠의 행적을 목격한 사람들이 몇 있었다. 2층의 한 잡화점 사장은 1층에서 사람들을 대피시키는 아빠를 알아보고 말을 걸었다고 했다.

"2층도 난리야 지금."

"불이 벌써 그쪽에도 옮겨 붙었어요?"

땀을 닦아 내며 묻던 아빠의 다급한 표정을 사장은 기억한다고 했다.

"사람들이 주로 에스컬레이터로만 다녔잖아. 근데 거기 불길이 번져 가지고 내려오질 못하니까 사람들이 우왕좌왕 난리라고. 내가 보이는 사람들은 다 데리고 비상구로 내려왔어. 아, 근데 돌아보니까 새까만 연기가 금세 치솟더니 아무것도 안 보이더라니까. 이제 남은 사람들이 이쪽으로 내려오는 건 글렀어. 복도 반대쪽 비상구로라도 잘 빠져나와야 할 텐데 걱정이네. 불길 치솟는 게 장난이 아니야."

그러면서 사장은 어서 대피하자며 아빠의 등을 떠밀었다.

축축하게 흠뻑 땀으로 젖은 아빠의 등을.

"제가 그쪽으로 가 봐야 할 거 같아요."

반대편 비상구로 향하려는 아빠의 팔을 부여잡고 사장은 애원하듯 만류했다.

"무슨 소리 하는 거야. 지금 그쪽으로 갔다간 큰일 난다고! 119 도착할 때까지 기다리는 수밖에 없어, 이 사람아."

하지만 자신의 손을 뿌리치는 아빠의 기세와 힘을 사장은 미처 제지할 수 없었다. 2층은 의류 매장들이 많아 아직 빠져나오지 못한 젊은 사람들이 많을 거라는 말을 남기고 아빠는 맹렬히 반대편 비상구 쪽으로 달려갔다.

그날 옷을 사러 온 한 고객은, 아빠가 2층에서 출구를 찾지 못해 헤매는 사람들을 차례차례 비상구 쪽으로 이동시켰다고 증언했다. 하지만 그런 뒤에도 아빠가 거센 연기와 불길을 피하지 않고 3층까지 뛰어 올라간 이유를 누구도 알지 못했다. 아빠가 성실한 완벽주의자여서 그랬을까. 아니면, 물에 빠진 유주를 구해 냈을 때처럼 타인의 위험을 못 본 체하지 못하는 성미 탓이었을까. 그도 아니면 어떤 운명이 불길 속으로 아빠를 잡아 끈 것이었을까.

3층으로 간 아빠는 이미 연기 자욱한 그곳에 사람이 있는지조차 가늠하기 어려웠을 것이다. 검회색 연기 사이로 솟

구치는 불길 속에서 아빠가 어떻게 견뎌 냈을지 상상하면 왈칵 숨이 막힌다. 그곳에서 아빠의 도움으로 겨우 빠져나왔던 사람에 의하면, 아빠는 다른 사람들의 제지와 우려 속에서도 상가 안쪽으로 더 깊숙이 들어갔다. 복도 한가운데 한 남자가 주저앉아 몸을 웅크리고 있다는 누군가의 외침을 아빠는 외면하지 못했다. 상가에서 마지막으로 빠져나온 사람은 겁에 질린 채 몸을 웅크리고 있던 바로 그 남자였다. 남자를 잡아끌다시피 해서 비상구 가까이에 밀어 놓고, 아빠는 다른 출구로 내려가겠다고 말했다. 중간에 혹시 사람들이 남아 있는지 확인해 봐야겠다면서. 하지만 아빠는 그곳에서 내려올 수 없었다. 아빠는 화재가 모두 진압된 이후 소방관에 의해 3층에서 2층으로 내려오는 계단에서 질식한 채 발견되었다. 커질 대로 커진 화마와 연기를 견뎌 내지 못했던 모양이라고 당시 화재를 조사한 경찰은 설명했다.

나는 이제껏 아빠의 일을 누구에게도 말한 적이 없었다. 그 사건이 있고 나서 한동안 인파가 몰리는 곳에는 잘 가지 않게 되었다. 아빠와 알고 지냈던 사람들은 우연히라도 나를 마주치면 하나같이 내 손을 잡고 눈물을 글썽이거나 안타까워하곤 했다. 시민들을 침착하게 대피시킨 후 끝내 나오지 못한 그분이 너의 아빠냐는 물음이, 대단하다는 칭송이, 그리고 뻔한 위로가 언젠가부터 듣기 싫어졌다. 다른 사람들에게 아빠는 많은 인명을 구한 의인으로 기억되고 있었지만, 내게 아빠는 어떻게 해도 이해할 수 없는 사람이었다. 아빠가 자신의 목숨조차 챙기지 못한 채 다른 사람을 구하러 뛰어든 이유를 나는 영영 알 수 없을 것만 같았다. 그날 왜 아빠가 혼자였는지도. 그 일에 대해 떠올리는 것은 해독이 불가능한 암호를 미련하게 캐는 일처럼 느껴졌다. 그래서 내 이야기를 담은 가사를 내보이는 일이 내내 망설여졌다.

그런데 선생님이 그 가사가 내 이야기라는 것을 알아챘을 때 뭔가 닫아 두었던 문이 열려 버린 듯한 기분이었다. 꼭꼭 감춰 두었던 아빠의 기억들과 그때 살아남은 사람들에 대한 알 수 없는 미움 같은 감정들이 통째로 쏟아져 나온 것이었다.

13

 약속 시간에 맞춰 우제의 집으로 향하면서도 나는 차츰 무거워지는 마음을 어쩌지 못했다. 언젠가는 우제에게도 말해야 할 때가 올 거라 생각했지만, 그게 지금이어도 괜찮을지 확신이 없었다. 내가 쓴 가사의 내용을 우제가 알아보지 못하면 그만이지만, 혹 알아본다고 해도 어떻게 얘기를 해야 할지 고민이 됐다. 그렇다고 다른 가사를 쓰고 싶은 생각도 없었다. 지금이 아니면 언제 다시 내 안의 이야기를 꺼내 놓을 수 있을지 몰랐다.

 우제의 집은 번화가에서 주택가로 들어가 얼마쯤 걸으면 보이는 한 빌라였다. 공동현관 앞에서 우제가 미리 말해 준

대로 벨을 누르자 인터폰에서 "누구세요?" 하는 여자 목소리가 들려왔다. 우제의 엄마인 것 같았다.

"안녕하세요, 저, 우제 친구인데요. 오늘 만나기로 해서요."

"아, 우제하고 같이 음악 하는 친구구나."

나의 방문을 미리 알고 있었다는 듯한 응답 뒤에 자동문이 열렸다. 3층으로 오르자 현관문이 활짝 열린 곳이 보였다.

"왔냐?"

우제가 안쪽에서 머리를 긁적이며 나를 맞았다. 나는 왠지 모를 긴장감을 안고 쓰윽 집 안으로 걸어 들어갔다.

"우리 엄마."

신발을 벗고 집에 들어서자마자 우제가 옆에 다가온 자기 엄마를 소개했다.

"안녕하세요."

"어서 오렴."

내가 고개를 꾸벅 숙여 인사하자 우제 엄마가 빙긋이 웃으며 나를 맞았다. 그런데 우제 엄마가 고개를 갸웃하더니 내 얼굴을 곰곰 뜯어보았다.

"방으로 들어가자."

"그래."

우제를 따라 방으로 들어가며 힐끔 돌아보았을 때도 우제 엄마의 시선은 나에게 머물러 있었다.

우제 방에는 큰 테이블 두 개가 기역 자로 이어져 있었다. 바로 정면 테이블에는 모니터를 비롯해 컴프레서와 프리앰프 같은 장비들이 놓여 있었고, 그 옆 테이블에는 스피커와 마이크, 전자 피아노 건반이 보였다.

"언제 이런 걸 다 사 모은 거야?"

"알바 해서 번 돈하고 용돈 합쳐서 맥퀸한테 중고로 산 거야. 이제 곧 되팔려고."

우제가 건조한 목소리로 대꾸했다. 그러고 보니 맥퀸의 작업실에서 본 것들과 비슷해 보였다.

"그래? 그냥 팔기에는 아까워 보이는데."

나는 먼지 하나 없이 깔끔한 건반을 어루만지며 중얼거렸다. 우제가 입술을 우물거리며 무슨 말을 하려는데 우제 엄마가 과일을 들고 방 안으로 들어왔다.

"아무래도 낯이 익은 얼굴인데…… 우리 어디서 본 적 있지 않니?"

우제 엄마가 과일에 포크를 하나씩 꽂다 말고 나를 빤히 쳐다보며 물었다.

"엄마가 애 볼 일이 뭐가 있다고. 자, 이제 방해하지 말고 나가 주세요."

우제가 등을 떠미는 바람에 우제 엄마가 마지못해 "알았어, 알겠다니까." 하고 돌아섰다. 하지만 우제 엄마 말이 맞다. 우리는 이미 만난 적이 있다. 나는 알고 있었는데도, 우제 엄마와 눈이 마주친 순간 더 생생하게 떠올랐다. 우리가 처음 만난 그때가.

아빠의 장례식 직후였다.

엄마와 함께 들어간 식당에서 두 사람이 우리를 기다리고 있었다. 두 손을 모으고 엄마에게 연신 허리를 굽히던 우제의 엄마, 그 뒤에서 고개를 푹 숙이고 있던 우제를 기억한다. 우제는 그날 식사를 마칠 때까지 단 한 마디도 하지 않았다. 고개를 들어 엄마나 나를 바라보지도 않았다. 그러니 내가 얼마나 노려보고 있었는지 아마 우제는 알지 못했을 것이다. 잔뜩 주눅이 든 데다 안색은 파리하고 피부는 거칠었다. 이마와 눈꺼풀을 덮을 만큼 긴 앞머리 안쪽에서 어디 한 군데에도 초점을 맞추지 못하던 우제의 눈을 노려보며 나는 속으로 끊임없이 묻고 있었다. 왜 저 아이가 살아 있는 건지.

식사를 마치고 엄마는 우제 엄마가 건넨 하얀 봉투를 한사코 마다했다.

"돈 받자고 나온 게 아니에요. 괜찮습니다."

엄마의 말에 우제 엄마의 얼굴이 침울해졌다.

"가끔 찾아뵐게요. 면목 없습니다."

"괜찮습니다, 잘 사세요."

엄마는 우제에게로 고개를 돌려 말을 이었다.

"너도 잘 지내야 해, 알았지?"

들릴 듯 말 듯한 목소리로 우제가 "네." 하고 대답했던가. 나는 그때 우제가 몹시도 미웠다. 고맙다는 말조차 하지 않는 아이. 냉담하고 주눅 든 얼굴로 살아남은 아이. 그럴수록 내 마음에 의문이 크게 일었다. 그건 아빠에게 던지는 질문이기도 했다.

'대체 왜 저 애여야만 했던 걸까. 아무 쓸모 없어 보이는 아이인데.'

엄마는 식당을 나온 이후 앞만 보고 걸었지만 나는 몇 번이나 고개를 돌렸다. 힘없이 고개와 어깨를 수그리고 엄마를 따라 걷던 우제의 모습을 나는 잊을 수가 없었다.

"어떤 톤의 비트가 좋을 것 같아?"

우제가 연달아 몇 개의 비트를 들려주었는데 그중 딱히 가사와 어울릴 만한 건 없었다. 뭔가 마음에 들어 하지 않는 기색을 읽었는지 우제가 물었다.

"좋아. 콘셉트가 정확히 뭔데?"

"콘셉트……?"

그런 건 없었다. 그저 내 이야기라는 것 말고는. 그래서 나는 내심 무서웠다. 이제껏 감추고 드러내고 싶지 않았던 그 이야기를 꺼내 보여야 한다는 게.

"그런 건 생각해 보지 않았는데."

"아니면 비트를 고르는 데 참고할 만한 건 없어?"

"그냥 누군가를 생각하며 쓴 가사야."

"누군가?"

우제의 물음에 나는 최대한 아무렇지도 않은 척하며 대답했다.

"이제는 세상에 없는 사람."

"음…… 그렇다면 좀 멜런콜리한 콘셉트여야겠네."

우제가 턱을 괴고 무심한 표정으로 호응했다.

"이건 어때?"

우제가 다른 비트를 틀었다. 이제껏 들려줬던 것들과는 사뭇 다른, 잔잔하고 담백하게 시작하는 비트였다.

"괜찮은 거 같아."

나는 고개를 끄덕끄덕하며 "언제 만든 거야?" 하고 물었다.

"예전에……." 하며 잠시 다른 생각에 빠져 있던 우제가 나를 돌아보며 "할 수 있겠어?"라고 물었다.

"글쎄……."

나는 주저했다. 비트가 문제는 아니었다. 내가 쓴 가사를 랩으로 만들지 아직 결심이 서지 않아서였다.

"못 하겠어?"

우제가 고개를 삐뚜름히 하고는 딱하다는 표정을 지었다.

"내가 이번만 가이드를 좀 해 볼게. 마침 이 비트에 맞춰 쓴 가사도 있어서. 하지만 앞으로 랩을 할 생각은 없으니까 진짜 마지막이라고 생각해."

우제가 당부하듯 말하고는 마이크를 얼굴 앞으로 끌어당겼다. 그리고 보면 우제에게도 진지한 구석은 있었다. 무슨 일에도 의욕이 없는 것 같아 보이지만 음악에 있어서 만큼은 달랐다. 장비나 프로그램을 구매하는 일 말고는 따로 돈을 쓰는 일도 드물었다. 그렇게 음악을 좋아하고 아끼면서 왜 그만두려는 건지 이해가 가지 않았다. 뭐가 그렇게 시시해졌다는 걸까. 비트에 맞춰 고개를 까닥이던 우제가 곧이어 랩을 시작했다.

"그림자가 물결쳐 내게 드리우네. 내 시간 위로 여전히 검고 큰 그림자가 머무르네. 언제부터인가 난 당신 그림자 속에 들어가 살아. 시간이 없는 존재처럼 살아. 언제쯤 그림자

벗어날 수 있을까. 당신은 영원이 되었는데 나는 꾸역꾸역 살아. 이제 난 당신이 나를 살려 놓은 이유를 물어. 하지만 아무런 대답 없네. 난 여전히 당신의 그늘 밑에 살다 가라앉고 말아. 밖으로 날고 싶은데 어떻게 하면 날아. 몸부림칠수록 나는 그림자 아래로 fly down. 날지 못해 날아, 하늘 아닌 땅속을 나는, 나는 괴물……."

그런데 우제의 목소리가 어떤 이유에서인지 점점 작아지더니 결국은 중간에 멈춰 버리고 말았다.

"더는 못 할 거 같다."

가쁜 숨을 토해 내며 우제가 중얼거렸다. 괜찮냐고 묻고 싶었지만 내 몸도 가느다랗게 떨려 와 입을 뗄 수 없었다. 우제가 노래한 랩의 가사가 나를 몹시 혼란스럽게 만들었다. 분명 아빠에 관련된 얘기 같아서였다.

우리 사이에 침묵이 고여 있는 동안 계속 흐르던 비트가 이내 멎었다.

"방금 했던 랩 있잖아. 그거 무슨 내용이야?"

나는 겨우 목소리를 가다듬은 다음 우제에게 물었다. 그러자 우제가 작게 숨을 몰아쉬며 입을 열었다.

"나도 너처럼 세상에 더는 없는 어떤 사람에 대해 말하고 싶은 때가 있었어. 바로 그때 만든 곡이야. 그런데 지금은 아무래도 랩을 이어 갈 수 없을 것 같아."

그 가사에 대해 더 자세히 묻고 싶었지만 어딘가 괴로워 보이는 우제에게 더는 물을 용기가 나지 않았다. 대신 방법이 하나 있었다. 우제 앞에서 내 랩을 해 보는 것이었다. 우제가 어떻게 반응할지는 알 수 없었지만 지금이 아니라면 다시는 기회가 없을 것 같았다.

"좋은데."

우제가 나를 빤히 쳐다보며 물었다.

"그렇게 생각해?"

"나도 한번 해 볼 수 있을 것 같아."

나는 차분히 말했다. 어떻게 되더라도 나의 이야기를, 내가 쓴 가사를 노래해 보고 싶었다.

우제가 다시 비트를 틀고 물었다.

"들어갈 수 있겠어?"

나는 크게 숨을 들이쉰 다음 고개를 끄덕였다. 그런 뒤 호흡을 가다듬고 박자에 맞춰 몸을 가볍게 흔들었다. 마이크를 잡고 나는 신호를 기다렸다. 마침내 우제가 내게 손짓했다.

그때 내 안에서 작은 불꽃이 타닥 튄 것 같았다. 그러곤 심지를 따라 폭발한 다이너마이트처럼 가사가 막힘없이 쏟아져 나왔다.

"막다른 길 앞에 섰네. 그때 네가 느낀 감정 뭐였는지 알고 싶어. 그러니 내 앞에 와서 알려 줘 come in front of me 네가 가진 두려움에 대해. 프런트에서 체크아웃해 두려움 you are gonna get over any obstacles. 내가 알지 넌 바다와 불을 가를 수 있는 사람. 그건 두려움 아닌 물러서지 않는다는 거. 알려 줘 come in front of me 네가 가진 두려움에 대해. 그날 아침 너의 입에 넣은 건 감자 두 조각, 유통기한 지난 냉동 베이컨뿐이었네. 반찬 투정 한 번 한 적 없는 general person에게 닥친 8월 14일, 네 앞엔 문이 두 개 있었네. 한쪽엔 평범한 삶으로 도망칠 수 있는 문, 다른 쪽엔 살아남을 확률 없는 문. 사람들은 네가 왜 불길 향해 들어갔냐 해. 알려 줘 come in front of me 네가 가진 두려움에 대해. 말해 봐, E.X.I.T 영문도 모르고 그저 네 발로 들어간 문 뒤에 도사린 dead. 사람들이 네게 알리고 있었잖아, 살 수 있는 moon으로 가. 네가 택한 그 문으로 넌 나오지 못하고 그 문으로 나온 사람 개같이 살아. 너는 왜 거기 남아 있어 다른 사람 등은 떠밀며 왜 넌 나오지 않아 get me open the another door 네가 결정 못 하면 내가 해, 그 결정. 타인 향해 열린 door 닫고 살아. 넌 타인을 위해 문을 열고 나에게서는 문을 닫았네. 돌아와 그 문 열고 돌아와. 나 역시 다름 아닌 너의 타인 그러니 나를 향해 문 열어 줘 이제 do you hear me? 하늘에서는 걱정 마. 네가 가진 두려움 내가 떨쳐 내 줄게 당신 열지 못한 문 내가 열어 줄게."

비트와는 위화감이 없었다. 새가 하늘을 날듯 자연스럽게 랩이 뱉어졌다. 그 사이에 아빠가 보였다. 층과 층을 오르면서 사람을 대피시키는 모습이었다. 아빠는 내 목소리를 듣지 못한다. 나는 더 크게 외치지만 아빠는 점점 더 깊이 들어가고 무수한 사람들이 빠져나온다. 나는 인파에 묻혀 더는 앞으로 나아가지 못한 채 팔을 뻗어 보지만, 아빠는 점점이 사라진다. 나는 그 자리에서 노래한다. 아빠를. 언제나 내 곁에 사라지지 않을 거라고 믿었던 아빠가 사라지는 모습을 지켜보며.

비트가 멈추자 정적이었다. 꿈을 꾼 것처럼 잠시 아득했다. 나는 퍼뜩 옆을 돌아봤다. 우제가 그 자리에 움직임 없이 앉아 있었다. 어색한 침묵이 방 안에 감돌았다. 얼마쯤 지났을까. 우제와 내가 동시에 입을 열었다.

"있잖아, 장소."

"저기."

우제가 내게 먼저 말하라며 손짓했다.

"어땠어? 이상했어?"

마른 입술을 축이고 나서 내가 물었다.

"아니."

우제가 짤막하게 대답을 한 다음 이어 말했다.

"뭐랄까, 굉장했어. 랩을 하는 너의 모습과 뿜어 내는 에너지가 전혀 다른 사람을 보는 것 같았어."

지금까지 내가 랩을 하는 걸 보고 우제가 그렇게 말해 준 적은 없었다. 우제의 칭찬이 낯설기만 했다.

"방금 한 랩 제목이 뭐야?"

"8월 14일."

우제가 몸을 움찔하며 의자에서 등을 뗐다. 그러고는 아연한 얼굴이 되어 내게 물었다.

"혹시, 장소. 그 제목 말이야……. 정의상가에서 화재가 일어났던 그날을 가리키는 거야?"

우제의 물음에 나는 흡, 숨을 삼키고는 천천히 고개를 끄덕였다. 우제의 눈꺼풀이 실룩이고 입술이 떨렸다.

"지금은 세상에 없는 사람을 위해 노래하고 싶다는 게……?"

"……맞아."

나는 느릿하게 대꾸했다. 우제가 얼굴을 일그러뜨리더니

머리를 수그리며 양손으로 감쌌다. 우제와 나는 그렇게 다시 그 일을 마주하게 된 것이었다. 8월 14일. 나는 결국 우제를 그날 그 자리로 끌어냈다.

"화재가 일어났던 그날 나도 거기 있었어. 불타고 있는 건물에 갇혀 꼼짝도 하지 못한 채……."

고개를 숙인 채 웅얼거리던 우제가 감았던 손을 풀고 고개를 들었다.

"밖으로 빠져나오지 못할 뻔했어."

우제의 한쪽 눈가가 붉게 충혈되더니 물기가 어른거렸다. 나는 우제의 말을 묵묵히 듣기만 했다.

"그때 불길을 뚫고 손 하나가 다가오더니 내 팔을 붙들었어. 나를 단단하게 붙든 그 손아귀의 힘이 아직도 기억나. 그 손이 아니었다면 나는 지금 여기에 없을지도 몰라. 그런데……."

거기까지 말하고 난 후 우제는 고개를 떨궜다.

"손을 뻗어 나를 거기서 구해 준 그 사람은 정작 거기서 나오지 못했어."

낮고 힘 빠진 목소리였다. 내가 누구인지는 조금도 짐작하지 못한 듯했다.

"그런데 그거 알아?"

퀭하고 그늘진 눈빛으로 우제가 속삭였다.

"그거 되게 무섭다. 내가 누군가의 삶을 대신 살고 있다는 느낌 말이야. 그 사람의 손을 잡고 나왔을 때, 살았으니 다행이라는 생각은 들지 않았어. 그런데 나를 구해 준 사람이 거기서 미처 빠져나오지 못했다는 말을 들었을 땐 마치 운명이 뒤바뀐 느낌이었다고. 내가 누군가의 삶을 빼앗아 버린 것 같았어. 차라리 내가 거기서 죽게 내버려두었……."

"그만해!"

나는 뭔가 참을 수 없는 심정이 되어 우제의 말을 막았다.

"그럼 더 열심히 살면 되잖아. 그 사람 몫까지."

나는 솟구치는 감정을 누그러뜨리고 차분히 말을 이었다.

"나도 그렇게 생각했었지만 그게 쉽지 않아. 여전히 그 사람 그림자로 살고 있는 느낌이야. 온전히 나로 살기가 힘들어. 갈수록 아무것도 의미 없이 느껴지고."

나는 우제가 가이드로 했던 랩을 떠올렸다. 당신의 그림자에서 벗어날 수 없다는 고백 같은 그 가사가 유난히 귓가에 남았다.

"그래서 음악까지 그만두려고 하는 거야?"

"멍청한 짓이지만 어쩔 수 없어."

우제가 고개를 절레절레 흔들었다.

"네가 뭐 어때서?"

"내 음악 같은 걸로는 누구도 구할 수 없어."

나는 아무 말도 할 수 없었다. 우제는 대가를 치르고 싶어 하는 사람처럼 보였다. 구조된 자신이 다른 누군가라도 구하지 못하면 영원히 자신을 구한 사람의 그림자 속에 살게 될 거라고 굳게 믿는. 자신을 구한 사람이 오히려 목숨을 잃었다는 사실에 압도당한 나머지 자기 삶마저 가소롭게 여기는 듯했다.

처음 듣는 우제의 속마음은 나의 마음을 무겁게 했다. 창문 가득 비쳐 드는 햇살에 내 표정과 마음까지 훤히 보일까 봐 나는 황급히 자리에서 일어났다.

"갈게."

나는 밖으로 나섰다. 그런데 우제 엄마가 문 앞에 서 있었다. 가늘게 뜬 조심스러운 눈으로 나를 살폈다. 한동안 나를 이리저리 훑던 우제 엄마가 크게 숨을 고른 뒤 내게 물었다.

"너, 혹시…… 그 아이, 장소이 학생 아니니?"

우제 엄마가 나를 알아본 것이었다. 나는 아무 말 없이 마주 서 있었다. 그렇다고도 아니라고도 말하기가 어려웠다. 그렇게 머무적거리는 내게 우제 엄마의 흔들리는 시선이 꽂혔다.

"우리 우제 구해 주신 장욱현 님 딸, 맞지?"

영문을 모른 채 얼어붙은 듯 서 있는 우제의 모습을 나는 곁눈으로 보았다. 의도한 것은 아니었지만, 어쩔 수 없이 때가 온 것 같았다.

"맞아요."

나는 아주머니를 향해 고개를 끄덕였다.

14

 내가 우제 집에 찾아갔고 우제 엄마가 나를 알아봤다고 말했을 때 엄마는 내가 무슨 말을 하는 건지 종잡을 수 없다는 표정이었다. 나는 인내심을 갖고 이제까지의 일을 차분히 설명했다. 두 눈썹이 들썩이고 눈꺼풀이 떨리는 걸로 봐서 엄마는 꽤 놀란 놀란 것 같아 보였다. 하지만 엄마는 담담히 내가 하는 말을 끝까지 들어 주었다.
 "아빠가 그날 구했던 그 아이가 우제라는 거니?"
 "그렇다니까."
 "소이 넌, 그 아이를 어떻게 알고 있는 건데?"
 엄마가 궁금증 반, 염려 반인 얼굴로 나를 바라봤다.

"친구야."

"친구? 언제부터?"

"예전에 엄마랑 우제 엄마랑 식당에서 같이 만나고 좀 지난 후부터."

"그때도 그 애가 있었어?"

나는 고개를 끄덕였다. 엄마는 우제 엄마를 만났을 때 우제가 있었는지조차 기억하지 못하고 있었다.

"우제는 네가 아빠 딸이라는 사실을 알고 있었고?"

"아니…… 우제 엄마가 나를 알아봐서, 우제도 무슨 상황인지 알게 된 것 같아."

머리가 지끈거리는 듯 엄마가 손으로 이마를 짚었다.

"그럼 넌, 처음부터 우제가 아빠가 구한 아이라는 사실을 알고 만난 거니?"

"어."

"그런데도 지금껏 그런 얘기를 우제와 한 번도 해 본 적 없었어?"

"없었어."

"왜 그랬는데? 걜 왜 찾아갔어?"

"그 애가 아빠가 구할 만한 가치가 있는 사람인지 알고 싶었어."

그때 엄마의 표정이 흔들렸다. 그건 뭔가 질겁한 얼굴 같기도 했고, 혹시 내가 무슨 일을 벌이고 있는 건 아닌지 의심하는 것처럼 보이기도 했다.

엄마는 모른다.

아주머니와 함께 식당에서 만난 날, 내가 우제에 대한 이야기는 토씨 하나 놓치지 않고 낱낱이 머릿속에 새기고 있었다는 사실을. 어떤 고등학교를 다니며, 성격이 어떻고, 애가 키만 컸지 유순해 걱정이라던, 아주머니는 감사 인사로 주워섬겼을 그 말들을 모두.

'애가 공부에는 도통 관심이 없고 음악을 좋아해요. 매일 방에서 살다시피 하면서 랩을 그렇게 하고요. 그날도 상가에 마이크를 알아본다고 간 거였어요.'

엄마는 그런 우제를 무심한 표정으로 바라보았던 것조차 기억하지 못했다. 그럴 수밖에 없었는지 모른다. 그때의 엄마는 누군가에게 마음을 쓸 겨를이 없었다.

그날 이후 나는 차우제에 대해 알아보기 시작했다. 그 애가 맥퀸의 크루라는 사실도 그때 알아냈다. 힙합도 랩도 모르던 나는 무작정 맥퀸의 SNS 계정으로 크루에 가입하고 싶다는 쪽지를 보냈다. 그 후 크루 모임에서 우제를 다시 보았을 때, 그 애는 나를 전혀 기억하지 못했다. 그날 밤 나는 한

숨도 자지 못했다.

"소이야."

엄마가 내 얼굴을 뚫어져라 바라보며 불렀다.

"어, 엄마."

"네가 무슨 생각으로 그랬는지는 알겠는데…… 다른 사람의 신상을 파고드는 건 옳은 행동이 아니야."

"그렇지만 단지 난……."

"아빠를 생각해 봐. 아빠가 사람을 가려 가면서 누군가를 구한 것이라고 생각해?"

나는 엄마의 눈을 몰두하여 들여다보았다. 엄마의 검은 눈동자 속에 내가 아니라 아빠가 있는 것 같았다.

"그럴 만한 가치가 있는 사람이라서 아빠가 뛰어든 게 아니야."

엄마는 침착한 얼굴로 나를 바라보며 타이르듯 말했다.

"그 사람이 누구든…… 위험에 빠진 사람을 돕는 일이 당연하다고 여겼기 때문에 그런 거야, 아빠는."

그 순간 가슴속에서 어떤 감정이 맹렬히 차오르는 게 느껴졌다. 이해하기 어려웠던 아빠의 선택과 행동에 관한 게 아니었다. 어쩌면 나는 지금껏 아빠를 믿지 못하고 의심해 온 것은 아니었을까 하는 물음이었다. 그 생각에 이어 내 안의 무언가가 툭 떨어져 나간 듯이 마음이 쓰라렸다. 스스로에게 상처를 내지 않기 위해 그동안 아빠를 원망하고 미워한 것은 아니었을까. 엄마의 눈 속에 투명한 물방울이 불거지는 걸 보고 나는 더는 아무 말도 하지 않기로 했다. 그저 속으로 중얼거릴 뿐이었다.

'미안해, 엄마. 하지만 정말 궁금했어. 아빠가 구한 아이가 어떤 사람인지.'

선생님과 만나기로 한 곳은 진지와 자주 가던 구청 앞 디저트 카페였다. 토요일이라 그런지 카페 안에 사람들이 제법 많았다. 나는 창가 옆 빈 테이블을 발견하고 그리로 가서 앉았다.

기다리는 동안 나는 선생님이 내게 했던 말을 몇 번씩이나 떠올렸다. 그때 아빠 말고도 화재에 희생된 이들이 몇 분 더 있었다. 그중 선생님과 관련된 분이 있을 거라고 생각하면 마음이 몹시 무거워졌다. 나는 빈 테이블 한가운데로 두 팔을 뻗었다. 소연한 햇살이 손등을 간지럽혔다. 문득 빛에 비친 손가락 마디마디가 초라해 보였다. 나 자신처럼. 한순간 불길 속으로 몸을 던진 아빠를 나는 붙잡을 수 없었다. 이모네 집에 남은 소령을 다시 데리고 올 수도 없었다. 엄마는 여전히 나를 불안한 눈초리로 바라본다. 나는 어쩌면 가족 누구에게도 도움이 되지 않는 존재다. 스스로가 한없이 무기력하게 느껴지던 그 순간 누군가 어깨를 툭 쳤다. 깨어나라는 듯이. 엉겁결에 돌아보니 선생님이었다.

"소이야."

내 이름을 부르는 선생님의 입술 사이로 봄날 같은 활기가 뱉어졌다. 선생님을 보자 더 작아지는 기분이었다.

"선생님 오셨어요."

선생님이 맞은편 자리에 앉으며 생긋 웃었다.

"소이 뭐 좋아하니? 맛있는 거 사 줄게."

"전, 오렌지 착즙 주스가 좋아요."

"겨우 그것만? 다른 건?"

"아뇨, 괜찮아요."

나는 고개를 저었다.

"초코크레이프 좋아하는 거 알아. 여기서 둘이 자주 먹었다고 시현이한테 들었거든. 그것도 같이 먹자."

"아…… 네, 선생님."

나는 알겠다며 뒤늦게 고개를 끄덕였다.

"소이는 생각보다 더 많이 성숙한 사람 같아, 내 생각엔. 그렇지만 너무 타인을 배려하진 않아도 돼. 알겠지?"

선생님은 그렇게 말하고 주문대로 향했다. 나는 그 모습을 보면서 멍하니 생각에 잠겼다. 내가 성숙한 사람이라는 생각은 한 번도 해 본 적이 없어서였다.

선생님은 비트주스와 오렌지주스, 초코크레이프가 담긴 쟁반을 들고 돌아왔다.

"선생님은 커피 잘 안 드시나 봐요."

"맞아. 가슴이 두근거려서 잘 안 마시게 되더라고. 그게 궁금했니?"

"네. 아카데미 다니면서도 선생님이 커피 마시는 모습은 보지 못했었거든요. 시인이면 되게 우아하게 커피를 마시면서……."

"풋."

선생님이 사레가 들린 듯 헛기침을 하는 바람에 입 밖으로 주스가 흘러내렸다.

"기대에 부응하지 못해서 미안해, 소이야. 나는 달래된장찌개 같은 거 좋아해, 실은. 구수하고 맛있는 냄새 나는 음식."

선생님이 휴지로 입가를 닦으며 장난스레 웃었다.

"실망했니?"

"아니요."

나는 연거푸 고개를 흔들며 웃었다. 시 수업이 끝나면서 다시는 못 만날 거라고 생각했는데 이런 대화를 나눌 수 있다는 게 신기했다. 과육이 입에서 잘게 씹혔다. 좋아하는 오렌지 주스를 마시고 나니 어쩐지 기분이 조금 괜찮아지는 것 같았다. 문득 사람은 왜 기분이라는 걸 갖고 태어나는 것인지 궁금했다. 왜 기분을 주체하지 못하기도 하고 때로는 달래 주며 살아야 하는 걸까.

"선생님은 기분이 뭐라고 생각하세요?"

나는 궁금증을 참지 못하고 선생님에게 물었다.

"기분? 글쎄……."

골똘히 생각에 잠긴 끝에 선생님이 다시 입을 열었다.

"그건 마음의 샘 같은 건 아닐까? 일정량이 채워져 있어야 하지만 때로는 가득 차 넘치기도 하고, 또 때로는 메말라 건조해지는 샘 말이야. 우리 마음이 그렇잖아. 평온했다가 갑자기 비바람이 불고 또 어떨 때는 따뜻해졌다가. 소이는 지금 기분이 어떤데?"

"전…… 메마른 기분이요. 꽤 오랫동안 그래 온 거 같아요."

"그래? 혹시 뭐 때문에 그런지 물어봐도 될까?"

"가끔 그래요. 뭔가, 저 자신이 아무것도 할 수 없는 사람이라는 생각이 들기도 하고……. 선생님은 그런 기분이 들 때 없어요?"

"당연히 있지. 그럴 땐 그냥 뛰어. 그러고 나면 좀 나아지는 것 같거든. 메마른 마음의 샘에 물기가 찰랑이는 정도가 된다고 할까."

내가 주스를 마셔서 기분이 좀 나아진 것처럼 선생님도 뛰고 나면 괜찮아진다는 얘기 같았다. 선생님과 말을 주고받다 보니 내 마음에도 희미한 물기가 비치는 것 같았다.

"그런데 소이는 언제부터 랩을 시작했어?"

선생님이 나를 바라보며 물었다. 딱히 망설일 것도 없었다.

"아빠가 돌아가시고 난 이후부터요."

나는 솔직하게 말했다. 선생님이라면 그렇게 말해도 될 것 같았다. 왠지 마음이 편안했다. 하지만 선생님의 얼굴에는 그늘이 졌다.

"저기, 소이야. 얼마 전에 선생님이 한 말 기억하지?"

"아, 네. 선생님 아시는 분이 그 상가 화재 사건 때……."

내가 차마 말을 잇지 못하는 사이 선생님은 크게 한 번 숨을 골랐다.

"남편이야. 그곳에서 빠져나오지 못했다는 사람이."

나는 순간 놀라 입을 틀어막았다.

"결혼한 지 한 삼 개월쯤 되던 때였고."

나는 그 상태로 옴짝달싹 할 수 없었다.

"그래서 소이가 쓴 가사를 보고 아버님 얘기를 알았을 때, 지금 소이처럼 나도 깜짝 놀랐던 거야."

그때의 일을 누군가에게서 다시 듣게 되자 생각보다 마음이 잘 간수되지 않았다. 금방이라도 눈물이 터져 나올 것 같았지만 나는 꾹 참았다.

"있잖아, 소이야. 선생님 남편은……."

선생님이 목으로 마른침을 넘기고는 말을 이었다.

"소방관이었어."

그때 그곳에서 미처 화마를 피하지 못했던 일반인 희생자는 아빠를 포함해 다섯 분이었다. 그리고 순직한 소방관이 한 분 더 있었다.

사람들이 얼추 대피를 마치고 소방관들의 화재 진압이 계속되었지만 거센 불길은 잡히지 않았다. 당시 CCTV 영상 중에는 상가에서 빠져나온 남자가 비척대다 쓰러지듯 바닥에 엎드리는 순간이 찍힌 것도 있다. 이어 한 소방관이 나타나 남자에게 다가간다. 무릎을 꿇고 상태를 살펴보는 소방관에게 남자는 팔을 들어 상가의 한쪽을 가리킨다.

이내 소방관이 무릎을 펴고 일어선다. 그리고 남자가 가리킨 곳을 향해 묵묵히 걸어가기 시작한다. 그 모습이 그 소방관의 마지막 모습이었다. 소방관이 향한 방향은 아빠가 갇혀 있던 곳이었다. 아빠를 찾기 위해 검붉은 불길이 날름거리는 상가 안으로 들어간 소방관은 끝내 다시 나오지 못했다.

"혹시…… 진이섭 소방교님이신가요?"
나는 떨리는 마음을 가누며 선생님에게 물었다.
"그래, 소이야. 알고 있구나"
"선생님…… 전 그분 성함, 영원히 잊을 수 없어요."
선생님이 무연한 눈길로 나를 바라보았다.
"저희 아빠를 구조하려다 그렇게 되신 거니까요."
선생님의 속눈썹이 가늘게 떨렸다.
"거기, 3층 계단참에 남아 계셨던 분이 소이 아버지셨니?"
"네."
나는 고개를 끄덕였다.
선생님이 가만히 일어서더니 내 옆자리로 다가와 앉았다. 그리고 말없이 나를 안아 주었다. 오래 참았던 눈물이 질금 질금 배어 나와 선생님의 어깨를 적셨다. 선생님은 그런 나를 밀어 내지 않고 내 등을 토닥이기만 했다. 선생님에게 기대어 있는 동안 창을 뚫고 쏟아져 내린 빛다발이 몸을 덮었다. 언제나 두렵던 그 빛살이 오늘만큼은 따뜻하게 느껴져 안심이 되었다. 그 빛이 조금씩 자리를 옮겨 선생님의 등을 가만히 어루만지는 것을, 나는 그대로 지켜보았다.

15

 일어나 보니 우제의 메시지가 도착해 있었다. 아마 새벽에 보낸 모양이었다.
 ─그동안 내가 밉지 않았어?
 다른 얘기 없이 그 말 한마디뿐이었다. 나는 매트리스에 몸을 붙인 채 휴대전화 액정을 응시했다. 우제를 미워한 적이 있었나. 한때는…… 그랬던 것도 같다. 아빠가 다시 돌아오지 못한 데는 분명 이유가 있을 거라고 생각했으니까. 나도 우제가 했던 말처럼 그 애가 아빠의 목숨을 대신 가져갔다고 생각한 적이 있었으니까. 그런데 시간을 두고 곁에서 살펴본 우제는 생각보다 불안정하고 언제 무너질지 모를 정도로 위태롭게 보였다. 그 애를 지켜보면서 문득 그런 걱정이 들기도 했다. 아빠가 어떻게 구한 아이인데 또다시 잘못되고 마는 건 아닐까 하는. 그런 우제에게 언젠가 기회가 되면 얘기해 주어야지 하고 머릿속에 핀처럼 꽂고 다닌 말이 있었다.

'너는 보란 듯이 네 삶을 살아. 과거 따위는 잊고.'

결국 그 말을 해 주진 못했다. 차라리 우제가 아무 일도 없던 사람처럼 뻔뻔하게 잘 살아갔더라면 어땠을까. 오히려 그런 모습에 더 서운해했으려나. 그랬어도 우리는 친구가 될 수 있었을까. 아직까지 아빠의 기억을 떨쳐 내지 못한 채 불길에 갇혀 있던 그때 그 순간에서 벗어나지 못한 우제를 보면서 내 마음에도 실금이 그어지는 것만 같았다. 우제도 나처럼 여전히 그 일에서 헤어나오지 못하고 있다는 사실을 알아 버렸으니까.

메시지에 이어 음원 파일 하나가 와 있었다. 나는 휴대전화를 허공으로 쳐들었다. 음원을 재생하자 익숙한 비트가 흘러나왔다. 심장이 방망이질 치기 시작했다. 실은 우제 집에 갔던 그날 어떻게 랩을 했는지도 잘 기억이 나지 않았다. 단단히 못질해 두었던 상자의 뚜껑을 새삼스레 다시 여는 기분이었다. 이윽고 내 목소리가 비트에 호응하며 달려 나왔다. 내 것이지만 어쩐지 전과는 다르게 느껴지는 목소리였다. 세련되게 랩을 잘하는 것은 아니지만 어떤 다부진 다짐 같은 게 읽혔다. 나름대로 나는 절실했구나.

"소이야 밥 먹어."

나가 보니 엄마가 벌써 식탁 위에 아침 식사를 챙겨 놓았다.

"얼른 학교 가야지. 오늘따라 꾸물거리네."

엄마가 개수대 앞에서 앞치마를 입으며 말했다. 나는 엄마가 케첩을 올린 계란말이 하나를 입으로 가져갔다.

"엄마, 나 이제 좋아하는 음식 바뀌었어."

"그래? 뭘로 바뀌었는데."

"달래 된장찌개."

엄마가 그릇을 정리하다 말고 뒤를 돌아봤다.

"너 된장찌개니, 청국장 이런 건 죄다 입맛 없어 하잖아."

"아니. 달래, 달래 들어간 거라면 괜찮아."

엄마가 별일이라는 듯이 웃고는 "알겠어." 하고 대답했다.

"딸이 먹고 싶다면야."

"엄마 일은 잘돼?"

내 질문에 엄마가 가벼운 한숨을 쉬었다.

"예전에는 생명보험을 찾는 사람들이 많아서 실적이 좋았는데, 요즘은 경향이 바뀌어서 그런지 주춤해. 사람들이 먼

미래보다 지금 현재를 중요하게 생각하는 경향이 많아져서 그런 거야. 엄마도 매일 공부 중이야. 이 나이에도 세상 돌아가는 공부를 해야 해."

나는 식탁 위에 올려진 흰밥을 물끄러미 바라봤다. 엄마가 번 돈으로 먹는 밥이었다. 그러고 보니 나는 아무것도 안 하는데 매일 엄마의 노력을 덜어 먹는 기분이 들었다.

"넌 하고 싶은 거 해."

엄마가 앞치마를 풀어 내며 말했다.

"왜? 나도 학교 졸업하면 엄마처럼 돈 벌건데."

"퍽이나."

무슨 엉뚱한 말이냐는 듯 엄마가 가볍게 쏘아봤다.

"인생 아무도 몰라. 네가 가고 싶은 길을 가야 후회 안 해. 남이 뭐라 하든 말든."

그 말을 남기고 안방 거울 앞으로 가서 선 엄마가 나를 건너다보며 물었다.

"참, 너 학교 끝나고 저녁에 시간 되지?"

"왜?"

"유주 엄마가 시립병원에 입원하셔서 한번 가 보려고. 너도 같이 가자. 유주 엄마 뵌 지 오래됐잖아. 간 김에 유주도 보고."

"나는 좀 그런데. 엄마 혼자 다녀오면 안 돼?"

"그러는 거 아니야, 소이야. 아빠 돌아가셨을 때도 그렇고, 유주 엄마가 우리한테 얼마나 잘해 주셨니. 편찮으실 때 우리가 찾아뵙고 위로도 해야지."

아주머니 때문에 그런 게 아니라는 걸 엄마는 모른다. 내가 유주와 소원해지려고, 거리를 두려고 얼마나 노력하는지 엄마는 모르는 거다.

아빠가 누군가를 위해 위험을 무릅쓰는 모습을 처음 본 게 바로 그 바닷가에서였다. 아빠가 물에 빠진 유주를 데리고 나오는 모습이 아직도 눈에 선명했다. 그때 차라리 유주가 물속에 잠긴 채 나오지 못했다면…… 아빠가 누군가를 구하겠다고 위험 속으로 몸을 던지는 일을 그만두지 않았을까. 그랬다면 상가에서의 일도 일어나지 않았을까 하고 가정해 보다 나는 황급히 그 생각을 지워 버렸다. 아주머니가 아프시다는데 이런 생각이나 하고 있는 내가 갑자기 미워졌다. 게다가 내가 이런 생각을 하는 건 아빠도 원치 않을 거라고 생각하니 아빠에게 미안한 감정마저 들었다. 나는 고개를 들어 엄마에게 외쳤다.

"알았어, 엄마. 그럼 병원에서 만나. 그리로 갈게."

수업을 마치고 진지를 만나기 위해 학교 근처 편의점으로 향했다. 먼저 도착해 있던 진지가 오색 파라솔 밑에서 나를 향해 손을 흔드는 모습이 멀찌감치서 보였다. 나는 손차양을 하고 자리에 서서 진지를 건너다보았다. 때론 지나치다는 생각이 들 정도로 자신의 감정을 꾸밈없이 드러내는 진지였다. 그렇게 투명하리만치 솔직한 진지의 옆에 있는 게 위안이 되곤 했다. 특히 요즘처럼 마음이 복잡하고 갈피를 잡을 수 없을 땐 그런 진지가 그리워진다. 매사 진지하다고 해서 진지이지만 묘하게도 정말 심각하고 무겁게 여겨지는 일을 단순하게 만드는 힘이 있었다. 그래서 진지를 만나고 나면 마음이 한결 가벼워진 적이 많았다. 진지 입장에서 나라는 사람은 한없이 답답해 보일지 모르지만. 그럼에도 나를 미워하거나 외면하지 않고 언제나 저렇게 먼저 손을 흔들어 주는 거였다. 나는 진지를 향해 마주 손을 흔들며 다시 걸어 나가기 시작했다. 고마우면서도 고맙다고 말하지 못하는 쑥스러운 심정을 이렇게라도 전하고 싶은 마음으로.

"이거 마셔."

접이식 의자를 끌어당겨 앉자마자 진지가 탄산수를 내 앞으로 내밀었다.

"내가 좋아하는 라임 맛이네."

나는 탄산수를 받아 든 다음 가방에서 유자마들렌을 꺼내 진지에게 건네주었다. 나도 진지가 좋아하는 게 뭔지 안다. 진지가 포장을 뜯으며 까르륵 웃었다. 얼굴 쪽으로 내리쬐기 시작한 햇빛을 성가셔하며 진지가 마들렌을 한 입 베어먹었다. "맛있다." 하는 진지의 말과 동시에 나도 의자에 등을 기대어 하늘을 올려다봤다. 푸른 하늘에 피어난 몽실몽실한 흰 구름 덩어리가 흘러가는 게 보였다.

내게 무슨 일이 일어나든 대체로 세상은 무심한 편이다. 아빠가 세상을 떠난 다음 날도 그랬다. 그 밤이 지나고 찾아온 아침, 어느 날보다 푸릇푸릇하고 청명한 햇살이 거리 구석구석을 비추고 있었다. 사람들은 전날과 다름없이 집을 나서며 바삐 움직이고 곳곳에서 새들의 지저귐과 자동차 경적 소리가 들려왔다. 내 앞에 무슨 일이 일어나든 상관없이 세상은 여전히 평온하고 아름다울 수 있다는 게 그때는 비정하게만 느껴졌었다.

"우제 집에서 음원 작업은 잘 끝냈어?"

진지가 입을 오물거리며 물었다. 나는 어떻게 말을 해야 할까 고심하다 애매하게 답했다.

"음, 하긴 했는데……."

말끝을 흐리자 눈치 빠른 진지가 단숨에 파고들었다.

"왜? 무슨 일 있었어?"

나는 진지를 흘끔 쳐다보고는 시선을 돌렸다.

"그런 건 아니고."

"괜찮아, 얘기해 봐."

진지가 짐짓 의젓한 표정을 지으며 말했다. 나는 그 얘기를 꺼내야겠다고 생각했다. 오늘만큼은 말을 꾸며 내기 싫었다. 진지가 우제에 대해 아는 것이 없다면 모를까 점점 관심을 키워 가는 것도 마음에 걸렸다. 앞으로 우제와 내 사이가 어색해진 티를 내지 않을 자신도 없었다. 그렇게 시작된 말이 우제를 알게 된 순간부터 우제 집에서 있던 일까지 이어졌다. 진지에게는 꽤나 충격인 모양이었다. 줄곧 등을 꼿꼿이 세운 채 귀를 기울이던 진지가 내 이야기를 다 듣자마자 그렁그렁한 눈으로 말했다.

"내가 미안해."

"어? 뭐가?"

"그런 사정이 있는 줄도 모르고…… 계속 우제 만나게 해 달라고 졸랐잖아."

"아니야, 괜찮아."

"철없이 굴어서 미안해."

"아니야, 미리 말해 주지 못해서 내가 미안해."

"그러지 마, 장소. 네 마음 다 알아."

진지의 그 말이 마음을 진정시켜 주었다. 이해받을 수 있어 다행이었다.

"앞으로 우제와는 만나지 않을 생각이야?"

조심스러운 어조로 진지가 물었다. 나는 잠시 생각에 잠겼다. 우제의 엄마가 나를 알아보았을 때 우제는 어리둥절한 표정이었다. 하지만 우제 엄마가 나와 대화를 이어 갈수록 우제의 얼굴에는 당황과 놀라움이 점점 번져 나갔다.

"어쩌면 우제는 내가 자기를 속였다고 생각할지 몰라."

어떻게 보면 겁에 질린 얼굴 같기도 했던 우제를 떠올리며 답했다. 그런 생각을 하자 나는 왠지 모르게 조금 씁쓸해졌다.

"나는 그렇게 생각 안 해."

진지가 반박하듯 대꾸했다.

"가끔 궁금했어. 네가 왜 그렇게 우제를 챙기는 건지. 걔가 엇나가거나 좋지 않은 상황에 놓여 있을 때마다…… 장소 네가 손을 내민 거 알아?"

진지가 고개를 비스듬히 기울여 눈을 맞추며 물었다.

"장소 네가 항상 그 애를 보호해 주고 있다는 느낌이었어."

"……."

"이제야 네가 왜 그랬는지 알 것 같아."

진지의 머리칼을 갈색으로 물들인 햇빛이 옮겨 와 내게 닿았다. 순간 눈이 부셔 손으로 눈을 가렸는데 어디선가 드럼 소리가 들려오기 시작했다. 퍼커션과 베이스 기타에 이은 신시사이저의 선율이, 8월 14일을 읊조리는 내 목소리가, 멜로디가 머릿속에서 울리다 사라졌다. 문득 그 곡을 다시 한번 들어 보고 싶어졌다.

"우제하고 작업했던 곡…… 한번 들어 볼래?"

진지가 고개를 끄덕였다. 나는 휴대전화를 꺼내 진지에게 음원을 들려줬다.

"너무 좋은데."

음원을 다 듣고 난 진지가 입을 다물지 못했다.

"이거 그대로 묵히고 말 생각은 아니지?"

"잘 모르겠어."

나는 솔직히 털어놓았다. 나만의 내밀한 이야기가 담긴 곡을 모르는 누군가 들을 수 있다고 생각하니 밖으로 내놓는 게 막상 내키지 않았다.

"가슴속 뜨거운 얘기를 해야 한다며. 진정성 있는 랩을 하고 싶었다며. 그래서 쓴 가사잖아."

"그야 그렇지……."

"그럼, 너무 두려워하지 마."

나는 떨구었던 시선을 진지에게로 옮긴 다음 "그래 볼게." 하고 대답했다. 오늘따라 진지가 여느 때보다 어른스럽게 느껴졌다.

"이제 학원 갈 시간이다."

진지가 마들렌을 입에 물고 손을 털며 일어섰다. 나도 엄마를 만나러 갈 시간이었다. 하지만 그 전에 진지에게 할 말이 있었다.

"고마워. 내 얘기 들어 줘서."

나는 진지의 손목을 붙잡고 넌지시 말했다. 그런 나를 진지가 물끄러미 바라보다가 쾌활하게 응수했다.

"야, 너한테 나밖에 더 있겠냐, 장소."

진지와 헤어지고 난 후 나는 일부러 한갓진 데로 걸었다. 생각의 정리가 필요해서였다. 우제와 어색해진 상태에서 맥퀸에게 음원 파일을 보내도 될까. 맥퀸이 상대적으로 우제에게 더 많은 관심과 기대를 갖고 있다는 걸 의식하지 않을 수 없었다. 하지만 아무래도 문제는 나 자신이었다. 스스로를 불완전하다고 여기고 겁을 내는 상황에서 앞으로도 자신 있게 랩을 할 수 있을지 확신이 들지 않았다.

그러다 문득 이런 상념에 갇혀 뭔가를 해 볼 기회를 영영 갖지 못하게 되는 건 아닌지 걱정스러워졌다. 어떻게도 결론을 내지 못할 바에는 일단 저질러 보는 편이 나을 수도 있겠다는 생각을 한 건 바로 그 때문이었다. 어떻게 보면 맥퀸에게 음원을 전해 보는 것까지가 나의 최선인 것도 같았다. 맥퀸이 영 마음에 들지 않는다고 하면 뭔가 더 나아갈 일도 없었다. 미래의 나는 미래의 내가 책임지겠지, 하는 심정으로 나는 휴대전화를 들었다. 그리고 생각이 변하기 전에 얼른 음원 파일을 맥퀸에게 전송했다.

16

6인용 병실에 들어가자마자 엄마와 나는 주변을 살폈다. 환자들이 군데군데 앉아 있었는데 안쪽 맨끝 침대에 아주머니가 누워 있는 게 보였다. 침대 옆에는 이쪽을 등지고 앉은 아이가 있었다. 한눈에 봐도 유주였다.

"언니."

엄마가 침대 쪽으로 다가가며 살가운 어투로 알은체를 했다. 아주머니는 오래전에 만났을 때보다 살진 채였고 센머리가 곳곳에 보였다.

"왔어요? 오지 않아도 된다니까요."

엄마에게 웃음 섞인 타박을 하던 아주머니의 시선이 곧장 나에게로 꽂혔다.

"어이구, 소이가 벌써 이렇게 컸니?"

"안녕하세요, 아주머니."

나는 어색하게 고개를 수그려 인사했다. 아주머니에게 데면데면한 나와 다르게 유주는 엄마에게 친숙한 듯 가볍게 인사했다. 엄마가 유주네 김밥 가게에나 집에 자주 들르곤 해서 유주와도 자주 마주쳤기 때문일 거다.

아주머니는 오른쪽 허벅지부터 정강이까지 깁스를 하고 있었다. 새벽에 차를 몰고 김밥 가게로 출근하다 중앙차선을 넘어 달려오는 음주 운전 차량과 부딪치는 사고를 당했다고 했다. 가까스로 핸들을 돌려 정면충돌을 면하긴 했지만 한 달 이상 병원에 입원해 있어야 하는 상황이었다.

"가게는 어떡해요?"

"아주머니가 한 분 계시고요, 유주가 틈날 때마다 좀 도와주고 있어요."

엄마가 유주 어깨를 쓰다듬었다.

"항상 느끼는 거지만 기특해요, 유주."

엄마는 오래전부터 유주를 항상 의젓하게 여겼다. 실은 그럴 때마다 나는 마음이 작아졌다. 저축하듯 차곡차곡 쌓인 서운함을 엄마는 알까. 유주 애기만 꺼내면 내가 왜 그렇게 예민하게 구는지도.

"소이야, 여기."

아까부터 불편한 몸을 움직이던 아주머니가 오만 원을 꺼내 내게 내밀었다.

"됐어요, 언니. 다 큰 애한테."

엄마가 만류하는데도 아주머니는 손을 더 길게 뻗었다.

"여기까지 왔는데 내가 이래서 뭐 해 주지도 못하고 미안하네. 유주랑 가서 맛있는 거라도 사 먹어."

마지못해 두 손을 내밀어 돈을 받자 아주머니의 입가에 부드러운 미소가 감돌았다. 엄마가 유주를 칭찬하는 동안 아주머니는 내내 나를 보고 있던 거다. 괜스레 아주머니에게 미안한 감정이 들었다.

"가자."

유주가 앞서 걸어 나갔다. 엘리베이터를 타고 내려와 병원 건물을 나설 때까지 유주와 나는 서로 말이 없었다.

"배고파?"

유주가 물었다.

"아니."

"그럼 바람이나 쐬다 들어가자."

유주가 건물 옆쪽으로 방향을 틀었다.

"아주머니가 오만 원이나 주셨는데…….."

나는 손에 든 돈을 만지작거리며 중얼거렸다.

"그래도 이걸로 뭘 사 먹든 하자."

"난 생각 없어."

단박에 내 말을 잘라 낸 유주가 바로 앞에 보이는 타원형 벤치에 털썩 앉았다.

"너희 엄마 때문에 어쩔 수 없이 온 거야?"

유주가 나를 올려다보며 물었다. 뜨끔하긴 했지만 꼭 그것 때문만 아니었다. 나 역시 지난번에 유주가 그린 그림을 받지 않고 돌려보낸 일에 계속 마음이 쓰이던 참이었다. 나는 유주를 향해 성큼성큼 다가가 옆에 앉았다.

"아니…… 지난번에는 내가 좀 예민하게 굴었던 거 같아. 그게 계속 마음에 걸렸어."

"원래 너 그런 거 신경 잘 안 쓰잖아. 사과하려는 거라면 굳이 그럴 필요 없어. 나도 이제 너 볼 생각 없으니까."

냉랭한 얼굴로 먼 곳을 바라보며 유주가 말했다.

"네가 원하는 대로 해 주는 게 맞다고 생각했어. 다 내 억지 같더라고."

작심한 듯 말하는 유주 앞에서 나는 할 말을 잊었다. 언제나 내가 의식하기도 전에 가까이 다가오는 유주를 못마땅한 듯 밀어내기만 했으니까. 마음의 가시는 짧고 뾰족해 가까이 다가온 사람에게 먼저 상처를 내는 것 같았다. 이제는 반대로 유주가 내게 가시를 내고 있다고 생각하니 꼭 벌을 받는 기분이었다.

"너에게 동정받는 것 같아 싫었어."

오래 억눌러 둔 해묵은 감정이 입 밖으로 튀어나왔다. 이쪽으로는 눈길 한 번 주지 않던 유주가 내게로 고개를 돌렸다. 누군가 투명한 손으로 갈퀴질이라도 한 듯 유주의 머리칼이 바람에 흩날렸다.

"아빠가 돌아가셨을 때 있잖아."

나를 바라보며 잠시 머뭇거리던 유주가 입을 뗐다.

"다 내 탓인 거 같았어. 그때 바다 밑에 가라앉아 버렸으면 아빠가 날 구하려 뛰어들지 않았어도 됐을 텐데 하고 후회했었어."

순간 유주가 차라리 물속에 가라앉아 버렸다면 어땠을까 상상했던 내가 떠올라 팔이며 등에 소름이 돋았다.

"너에게 미안한 말이지만, 나를 구해 준 너희 아빠가 원망스러운 적도 있었어. 내가 아니라, 아빠를 먼저 구해 줬으면 어땠을까 생각했거든."

뜻밖의 말에 나는 숨을 죽였다.

"뻔뻔한 거 알아. 아저씨는 자기 목숨이 어떻게 될지 모르는데 나를 구하려 뛰어드신 거잖아. 아저씨도 아빠가 그렇게 될 줄은 모르셨겠지. 아저씨는 매년 제사 때마다 빠짐없이 찾아오셨어. 그러면서 내가 어리석은 생각을 했다는 걸 차츰 알게 되었어. 돌아가신 아빠도 아저씨에게 고마워할 거라는 사실도. 아저씨가 아빠와 우리 가족에게 그랬던 것처럼, 나도 네 옆에 있어 주고 싶었을 뿐이야. 하지만 네가 원하지 않는다면 그래선 안 된다고 생각했어. 그게 내가 내린 결론이야."

갑자기 주위가 서늘해진 느낌이었다. 유주와 나는 아주 어린 시절부터 가까운 사이였다. 부모님들끼리 모이는 자리엔 아이들도 함께 모였다. 아이들이 그중 한 집에서 모여 자는 일도 제법 많았다. 모두가 가족 같다고 생각한 적도 있다. 바닷가에서 아저씨가 사라져 버리기 전까지는.

모든 게 영원할 것 같은 순간에 메스를 들고 찾아와 틈을 벌리는 존재가 시간인 것 같다는 생각을 종종 하게 됐다. 그토록 가깝게만 보였던 어른들 사이에도 빈틈이 생겼고 유주와 나 사이도 마찬가지였다. 우리 가족도 그 시간의 틈을 비켜 갈 수 없었다. 아빠와 나, 엄마와 소령 사이에는 큰 구멍이 하나 나 있었다. 시간이 만들어 놓은 틈은 어떻게 메꿔지는 걸까. 어디선가 파도 소리가 나는 것 같았다. 나는 내내 계속 유주를 원망해 왔다. 아빠가 돌아가시고 나서는 더욱.

"나, 미워할 사람이 필요했나 봐."

"그게 나였어?"

꾸밈없는 눈으로 나를 바라보며 유주가 물었다.

"네가 너무 나 같아서. 쌍둥이처럼 같은 상처를 갖고 있는 네가 싫어서. 보기 싫은 내 모습을 가진 네가 미워서."

"알아."

"알아?"

"나도 그랬으니까. 그런데 언젠가 제사 때 집에 오신 아저씨가 내게 해 준 말이 있었어. 마치 내 마음을 알고 있었던 것처럼 그러셨어."

아빠가? 이상하게 가슴이 두근거렸다.

"내가 많이 원망스럽지는 않니? 아빠를 살렸어야 했는데 그러지 못해 항상 미안한 마음이야. 혹시라도 자책하는 마음이 있다면, 차라리 나를 미워해. 그리고 할 수 있다면 부디 나를 용서해 주렴. 아저씨는 너의 마음이 슬픔과 미움으로 가득 차 있지 않았으면 좋겠어."

갑자기 정신이 아득해졌다. 정말 아빠가 유주의 얼굴을 하고 내게 말을 건네고 있는 것처럼 느껴져서였다.

"아저씨 말처럼 누구도 미워하고 싶지 않았어. 아저씨도, 너도."

말끝에 울음이 잠긴 목소리로 유주가 말했다. 꽝꽝 얼어 있던 마음이 조금씩 녹아내리는 것 같았다.

"우리 엄마 병문안 온 거…… 동정심에 아주머니 따라온 거야?"

유주가 물었다.

"아니야."

내가 대답했다.

"나도 아니야. 나도 너 동정해서 찾아간 게 아니야."

나는 유주를 단정 짓고 있었다. 나의 불행을 목격하고 싶은 거라고. 아닌 척하지만 나의 불행에 내심 기뻐하고 있을 거라고. 유주에 대해 제멋대로 했던 모든 생각이 지금의 나를 부끄럽게 했다.

"찾으시겠다. 올라가자, 이제."

"정유주."

자리에서 일어선 유주를 불러 세웠다.

"왜?"

역광 때문에 유주의 얼굴이 거뭇하게 보였다. 그러고 보면 유주는 언제나 한결같았다. 변한 건 나였을까.

"아빠 돌아가셨을 때 있잖아."
"응."
"무서웠어, 난."
우두커니 선 채 나를 내려다보는 유주에게 나는 이어 물었다.
"너도 그랬어?"
한참 침묵하던 유주는 숨을 토해 내듯 대답했다. 속에서 북받치는 뭔가를 참아 낸 목소리였다.
"그럼. 나도 그랬지."

맥퀸의 메시지를 받은 건 엄마와 집에 돌아와 함께 TV를 보고 있을 때였다.
— 음원 파일 잘 받았다, 장소.
나는 휴대전화를 뚫어지게 바라보며 다음 메시지를 기다렸다.
— 괜찮던데.
나는 그제야 숨을 내쉬었다.
— 근데 너, 누구한테 레슨이라도 받았니? 랩핑 스타일이 좀 달라졌더라고. 가사가 아주 또렷하고 묵직하게 귀에 얹히더라. 기세가 꽤 느껴지는 랩이었어.

뜻밖의 반응에 나는 자세를 바로 고쳐 앉았다. 이제껏 맥퀸은 내가 했던 랩에 대해 한 번도 긍정적인 반응을 보인 적이 없었다.

— 그래서 말인데 랩 가사 말이야……. 그거 예전에 상가에서 난 큰 화재 사건 얘기하는 거 아니야?

가슴이 철렁 내려앉았다. 어떻게 얘기해야 할지 잠시 고민이 됐지만 아니라고는 할 수 없었다.

— 맞아요.

— 장소, 아무리 그래도 그렇지. 그런 가슴 아픈 사고를 소재로 삼는 건 좀 아닌 것 같아. 되레 희생자들을 이용한다는 반감을 살 수 있고. 안 그래도…….

— 제 이야기예요.

메신저 창에서 잠시 대화가 멎었다.

"뭐 하니?"

얼굴에 마스크팩을 덮어쓴 엄마가 옆에서 휴대전화를 힐긋 건너다보며 물었다.

"그냥, 얘기 중."

엄마의 두 눈을 피해 나는 등을 돌렸다.

"쟤들 너랑 같이 연습하던 친구들 아니었니?"

엄마가 턱으로 TV를 가리켰다. 한 걸그룹이 춤을 추며 노래를 부르고 있었다. 나는 멤버 하나하나를 다 알아볼 수 있었다. 그 아이들이 부르는 노래는 처음 듣는 것이었지만 안무 중에는 익숙한 동작들이 눈에 띄었다. 그러다 한순간 눈이 시릴 정도로 새하얀 조명 불빛이 눈앞에 그물처럼 퍼졌다. 나는 어느새 무대에 서서 노래를 부르고 있었다.

"넌 이제 미련 없지?"

엄마 목소리에 나는 퍼뜩 정신이 들었다. 잠시 꿈을 꾸었던 걸까. 무대 위에서 노래하는 꿈. 하지만 현실의 나는 낡은 소파 위에 멍하니 앉아 있을 뿐이었다. 그렇지. 나는 더 이상 그 아이들과 함께하는 게 아니었지. 나는 그들의 밝고 빛나는 엔딩 포즈를 무심하게 바라보았다.

"괜찮아? 무슨 생각을 그렇게 해?"

엄마가 걱정스러운 얼굴로 나를 쳐다보며 물었다. 나는 엄마 손에서 리모컨을 낚아채 채널을 다른 곳으로 돌렸다.

"딴 거 봐, 엄마."

마침 돌린 채널에서 엄마가 보는 일일 드라마가 방영 중이었다.

"이거 봐, 엄마. 이거 좋아하잖아."

"잘 보고 있었는데, 대체 얘가 왜 이럴까."

말은 그렇게 하면서도 엄마는 금세 드라마에 마음을 빼앗졌다. 그때 막 맥퀸의 메시지가 도착했다. 나는 다시 리모컨을 엄마 손에 쥐어 준 다음 방으로 향했다.

— 이런, 미안. 그 얘기까지 들으려고 했던 건 아닌데, 미안하다.

— 괜찮아요.

나는 등으로 방문을 닫은 다음 답장을 보냈다.

— 나는 네가 우리와 함께 리얼 래퍼에 같이 나갔으면 하는데, 넌 어때?

심장이 두방망이질 쳤다. 그런데 어쩐지 선뜻 알겠다는 말이 나오지 않았다.

— 네가 직접 쓴 네 이야기라면 대중도 많이 공감할 수 있을 것 같아. 더 많은 사람들이, 그때 그 일을 기억할 수 있을 테고.

어쩌면 그게 문제인지도 몰랐다. 결국 나와 아빠의 이야기를 꺼내 보이는 거니까. 방송 무대에 서기 위해, 어떤 이익을 얻을 목적으로 가족의 불행을 이용하는 건 아니냐는 비난이라도 받는 건 아닐까 불쑥 겁이 났다.

— 그런데 네가 쉽지 않겠지……. 아픈 상처를 사람들에게 내보이는 게 말이야. 내가 무조건 하라고는 못 하겠다, 장소.

―그게요…….

―좀 고민해 보고 다시 얘기해 줄래? 괜찮다면 말이야.

내가 대답을 주저하자 맥퀸이 덧붙였다. 사실 맥퀸에게 가사를 보낼 때 이미 끝난 고민인 줄 알았다. 아무 문제 없다고, 하고 싶은 이야기였다고 말할 수 있을 줄 알았다. 하지만 마음처럼 쉬운 문제가 아니었다. 일단 맥퀸의 말대로 하는 게 좋을 것 같았다.

―네. 그럴게요.

나는 선선히 대답했다. 어쩐지 주위에 고마운 사람이 하나씩 늘어 간다.

아까 엄마들이 기다리는 병실로 돌아가기 전 유주와 나는 한 가지 약속을 했다. 아주머니가 퇴원하시기 전까지만 김밥집에 틈틈이 들러 일을 돕기로. 병실로 다시 돌아가 그 생각을 밝히자 엄마는 못 미더운 기색을 슬쩍 드러내며 말했다.

"정말 할 수 있겠어? 보기보다 어려운 일일 텐데."

"엄마. 이래 봬도 그동안 내가 햄버거 매장에서 구운 패티가 수백 개는 될걸?"

"그거랑은 다른데."

보다 못한 아주머니가 중간에 나서서 "퇴원 때까지만이라도 도와주면 좋겠다."고 하지 않았다면 엄마와 나의 실랑이는 꽤 오래 지속되었을 거다. 아주머니는 엄마의 만류에도 내게 시급까지 주겠다고 했다. 돈을 받을 생각은 아니었는데 일이 그렇게 되자 괜히 폐를 끼치는 게 아닐까 순간 걱정이 되기도 했다. 그런데 유주가 그런 마음을 읽었는지 내 손목을 살짝 잡고는 괜찮다는 눈짓을 했다.

"소이랑 같이 일하면 재미있을 것 같아요. 걱정 마세요, 아줌마."

유주가 얘기하자 엄마의 표정도 점차 누그러졌다. 초보라 일은 더디고 고단할 수도 있을 테지만 유주와 함께라면 의미 있는 시간을 보낼 수 있을 것 같았다. 헤실헤실 풀어진 마음을 하나의 실타래로 감싸고, 유주에게 조금 더 가까이 다가가고 싶었다.

엄마는 혹시나 내가 민폐가 되지 않을까 여전히 염려하는 눈치였지만, 나는 가슴에 얹혀 있던 돌덩이를 내려놓은 것처럼 가벼웠다. 내내 얼굴에 맞부딪혀 오는 시원한 밤 바람이 나를 반기는 듯했고, 그런 기분으로 돌아오는 길이 마냥 좋았다. 하지만 어쩐지 피곤했는지 집에 도착하자마자 잠이 들었다. 내가 만든 햄버거를 아빠가 맛있게 먹는 꿈을 꾸었다.

17

 오랜만에 김시은 선생님을 만나기로 한 날이었다. 학교 수업을 마치고 선생님이 일하는 학원 근처로 가는데 줄비가 쏟아졌다. 우산이 없었기에 별수 없이 비를 맞으며 가는 수밖에 없었다. 선생님을 만나면 주로 공원을 걷곤 했는데, 오늘은 그럴 수 없을 거라는 생각에 마음 한편이 허전했다. 선생님은 이제 학원에서 학생들에게 논술을 가르친다. 선생님은 더 이상 시를 가르치지 않지만 우리는 여전히 시로 연결되어 있다.
 선생님을 만날 때면 꼭 그동안 써 둔 시 한 편을 챙겨 간다. 선생님이 평가를 하거나 작법을 알려 주는 건 아니다. 선생님은 그저 내 시를 읽는 것이다. 나는 선생님처럼 좋은 시인이 될 수 있을 거라는 생각으로 쓰지 않는다. 그저 선생님과 시로 소통하는 게 어느샌가 익숙해진 것 같다. 선생님도 내가 쓴 시를 읽을 수 있어 좋다고 했다. 시를 쓰거나 선생님을 만날 때면 숨통이 트이는 느낌이다.

학원 건물 입구에 도착하자마자 젖은 머리칼을 탈탈 털었다. 여기서 선생님을 기다렸다가 함께 디저트 가게로 가면 될 것 같았다. 나는 선생님을 기다리는 동안 가방에서 시를 출력한 종이를 꺼냈다. 젖지 않아 다행이다. 나는 종이 위의 시를 눈으로 한번 훑었다.

시간의 바다 안에 내일이 잠겨 있다. 내일이란 지루하고 무료한 오후의 하품 같다. 지난 시간을 떠올릴 때면 나는 장화를 신고 화사하고 맑은 기억 속의 정경으로 걸어 들어가, 우산을 받쳐 쓴다. 떠오르지 못한 내일처럼 나 또한 바닷속 깊이 잠수하고 있는 건 아닐까. 미래란 그런 게 아닐까. 나는 오늘을 되감다 어느새 어제의 우산 속에, 나를 숨기고 만다.

"소이야. 우산도 없이 이러고 온 거야?"

선생님이 놀란 표정으로 눅진하게 젖은 나의 양 어깨를 손으로 짚었다.

"전 괜찮아요, 선생님."

"괜찮긴. 이러다 감기 들어. 잠시 올라갔다가 가자."

선생님은 나를 데리고 건물 위층에 있는 학원으로 들어갔다. 몇 개의 강의실을 가로질러 들어간 사무실에는 아무도 없었다. 선생님은 책상에서 바람막이 점퍼와 반바지를 꺼내 내 품에 안겼다.

"운동하러 갈 때 챙겨 입으려고 가져다 놓은 건데, 우선 이걸로라도 갈아입자."

그러고는 어정쩡하게 옷가지를 안고 있는 나를 향해 선생님이 말했다.

"문 밖에 있을 테니까 안심하고 갈아입어 알겠지?"

어쩐지 폐를 끼치고 말았다. 옷을 펼쳐 드는데 선생님의 책상 위에서 반짝이는 무언가가 눈에 띄었다. 제복을 입은 한 남자가 경례 포즈를 취한 채 서 있는 사진이었다. 나도 모르게 손을 뻗어 액자를 들어 올렸다. 처음 보는 사람이지만, 그 사람이 누구인지 머릿속으로 생각하기도 전에 눈물방울이 발아래로 후드득 떨어졌다.

선생님은 옷을 갈아입고 나온 나를 반갑게 맞다 이내 웃음을 거두었다.

"소이…… 울었니?"

"아니요."

목멘 소리가 뱉어졌다.

"가자. 따뜻한 거 마시러."

선생님은 아무것도 묻지 않고 내 어깨를 쓸어내리며 말했다. 그 한마디만으로도 벌써 가슴에 온기가 도는 것 같았다.

건물을 빠져나와 나란히 우산을 쓰고 걸었다. 그렇게 얼마쯤 걸었을까. 내가 먼저 조심스럽게 운을 뗐다.

"액자 속 사진……. 진이섭 소방교님 맞죠?"

"알아봤구나……. 참 잘생겼지?"

선생님이 상긋 웃으며 말했다.

"사진 볼 때마다 슬프지 않으세요? 전, 아빠 사진 일부러 보지 않거든요. 괜히 울적해지고 그럴까 봐요."

"예전에 나에게 했던 말 기억하니?"

그러자 선생님이 되물었고 나는 고개를 갸웃했다.

"아버님의 일을 겪고 나서 마주한 세상이 믿을 수 없이 평온해서 원망스러웠다던 얘기 말이야. 지금도 그런 생각이 드니?"

그랬다. 서로의 비밀을 알게 된 이후 나는 종종 속마음을 선생님에게 꺼내 놓았다. 그런 말은 누군가에게 꺼내기도 쉽지 않고 아무도 이해할 수 없을 테지만 선생님에게만큼은 말할 수 있었다.

"……가끔요."

"그게 있잖아, 소이야."

나는 고개를 옆으로 돌렸다. 선생님의 귀밑으로 튄 빗방울이 조용히 흘러내리는 게 보였다.

"세상도 평형을 유지하려는 거 아닐까. 이편에 어둡고 끔찍한 일이 일어나도 저편에는 햇살을 드리우면서. 그러지 않으면 어느 한쪽으로 완전히 기울어 버리고 말 테니까. 세상이 슬픔으로만 가득 차 있다면 아무 희망도 가질 수 없게 되잖아. 슬픔이 지나간 자리에 다가올 햇살을 기다릴 필요도 있지 않을까."

문득 선생님이 떡볶이 가게에서 자리에 앉은 채 양팔을 벌리던 모습이 떠올랐다. 평형을 이루기 위해 시를 쓴다던 선생님의 그 모습이.

"그 사람이 내 곁에 없다는 건 여전히 슬픈 일이지만, 기억은 따뜻해. 나는 그 온기로 살아가는걸."

"정말…… 그렇게 생각하시는 거예요?"

"그럼. 아버님도 소이의 마음이 시리지 않게 따뜻하게 덥혀 주고 계실 거야. 작은 불꽃을 틔워 소이의 마음 안에 머무르면서 말이야."

순간 마음에 더운 기운이 흐르고 시야가 약간 흐려졌다. 가끔 힘든 날에 아빠가 생각나곤 했던 건, 아빠의 온기가 내 안에 숨 쉬듯 기운을 불어넣고 있어서였을까.

비가 조금 더 거세지더니 뿌옇게 피어난 안개가 시야를 가렸다. 아무것도 보이지 않았지만 막막한 느낌은 아니었다. 언제부터인지 비가 한쪽 어깨를 축축하게 적시고 있었지만 나는 괜찮았다. 지금 이 시간을 오랫동안 기억하게 될 것 같다는 예감이 몰아치는 바람처럼 강하게 옷깃을 스쳐 갔다.

선생님은 얼그레이 파운드케이크를 주문하며 내게는 레몬차를 권했다. 오늘처럼 날씨나 마음이 습할 때 마시면 좋다고 하면서.

"랩 프로그램 제안은 어떻게 됐니?"

선생님이 차로 입술을 축이며 물었다.

"아직 결정을 내리지 못했어요."

"아직 두려운 마음이 남아 있어서 그렇구나."

나는 고개를 끄덕끄덕했다.

"하지만 무대에 서고 싶은 마음도 여전하고."

"맞아요."

선생님이 나를 보며 엷게 미소를 지었고 나도 따라서 살포시 웃었다.

"나는 있잖아. 소이가 자주 날아 봤으면 좋겠어."

알 듯 모를 듯한 말이었다.

"아…… 무슨 뜻이 있어 그런 말을 하는 건 아니고. 날아오르는 걸 자꾸 주저하다 보면 나는 방법도 잊어 버리게 되는 건 아닐까 싶어서."

선생님은 찻잔을 두 손으로 감싼 뒤 입으로 가져갔다. 조금 후 잔을 내려놓으며 선생님이 덧붙였다.

"선택은 소이가 하는 거지만, 정말 자신이 뭘 원하는지 귀 기울여 보는 건 어떨까. 소이 아버님도 그걸 바라실 거야."

그렇게 말하고 선생님은 조그맣게 웃었다. 그 후 선생님은 학원 생활의 고단함이라든가 혼자 살아가는 일 등 어찌 보면 내밀한 이야기들을 내게 털어놓았다. 한참 듣다 보니 학교생활이나 직장 생활이나 고되기는 매한가지라는 생각에 고개를 끄덕이기도 하고 마음속에서 우러나온 위로의 말을 선생님에게 건네기도 했다. 다 큰 어른이 나에게 고민을 털어놓는 기분은 어쩐지 묘했다. 선생님도 살아가며 그런 고민이 있었구나 싶었다. 선생님은 전에 멋대로 생각했던 것처럼 슬픔에 묻혀 사는 사람이 아니었다. 그저 선생님만의 방식으로 담담하게 자기 안의 슬픔을 다독이며 살아가는 듯 느껴졌다. 자기만의 날갯짓을 하며 그렇게.

  버스를 타고 집에 가는 사이 차창 밖에는 어둑한 구름이 걷히고 서서히 날이 개기 시작했다. 해가 조금씩 모습을 드러내더니 눈부시게 밝아졌다. 곧이어 한 줄기 햇살이 내리비치더니 내 이마께를 어루만졌다. 순간 괜히 뭉클해지면서 선생님의 말이 떠올랐다. 슬픔이 지나간 자리에 다가올 햇살을 기다려 볼 필요가 있다던 그 말. 오래오래 그 말을 기억하기로 다짐하면서 나는 휴대전화 속 사진을 뒤적였다. 그곳에서 오랫동안 보지 않았던 아빠의 사진을 찾았다. 그리고 한참을 가만히 들여다보았다.

18

아마 배틀 프로그램 참여만 아니었다면 우제에게 먼저 연락할 일이 없었을지 모르겠다. 직접 만든 비트를 얹어 곡을 프로듀싱한 것은 우제니까. 한 번은 만나야 했다. 한편으로는 내가 누구인지 알게 된 우제가 어떻게 지내고 있는지 확인하고 싶은 마음도 없지 않았다.

우제와 만나기로 한 곳은 예전에 선생님, 진지와 함께 떡볶이를 먹었던 건물 앞이었다. 우제는 그 건물 2층에 있는 수학 학원에 다닌다고 했다. 상점들이 다닥다닥 붙어 있는 낡은 건물에 학원이 있는 줄은 몰랐어서 나는 놀랐다.

우제는 여전했다. 껑충한 키에 가느다란 팔과 다리, 껄렁거리듯 가벼운 걸음걸이, 시선을 어디다 맞출지 모르고 우물쭈물하는 행동, 뭐 하나 변한 게 없었다. 하지만 뭔가 달라진 구석도 있었다. 약간은 경직된 표정이라든가, 은근히 내 눈을 피하는 모습 같은 게 그랬다. 그런 우제의 등 뒤로 돌연 불길이 치솟는 장면이 연상되더니 소름이 발끝까지 쫙 끼쳤다. 누전 때문에 불이 난 적이 있었다던 떡볶이 가게 할머니의 말이 떠오른 직후였다. 나는 우제의 소맷자락을 잡아 당기며 말했다.

"어서, 다른 데로 가자."

"야, 장소이. 왜 이러는데, 갑자기."

영문도 모른 채 끌려가며 우제가 투덜거렸다. 하지만 한번 치솟은 불안은 쉽게 가시지 않았다. 승용차 한 대가 겨우 지나갈 만한 골목, 빼곡한 간판, 좁은 계단, 뒤엉킨 전선들……. 주변을 두리번거리며 걷는 나를 별말 없이 따르던 우제가 느닷없이 멈춰 섰다. 돌아보자 한숨을 포옥 내쉰 우제가 나를 앞장서 걸어 나갔다. 우제를 따라 도착한 곳은 작은 공원이었다. 작은 벤치를 발견하고 앉자마자 나는 기다렸다는 듯 말했다.

"너, 거기 학원 다니지 마."

"왜?"

우제가 대뜸 물었다.

"철거 대상 건물이래."

거기까지 말한 뒤 침을 삼켰다. 차마 그 건물에서 화재가 일어난 적이 있다고 말하긴 꺼려졌다. 한참을 미적거린 끝에 나는 한마디를 내뱉었다.

"……위험하단 말이야."

잠시 머쓱하게 이어지던 침묵을 우제가 깨트렸다.

"그 말 하려고 여기까지 찾아온 거야?"

"아니, 그건 아니고. 그, 배틀 프로그램 참여할 건지 물어보려고."

"난 안 나가. 너도 알잖아."

우제가 무뚝뚝하게 답했다.

"난, 나가려고 해. 네가 보내 준 음원, 맥퀸한테 보냈었거든. 그 곡으로 참여하자고 맥퀸이 연락했더라. 넌 어떨지 물어봐야 할 거 같아 찾아왔어. 네가 만들어 준 곡이잖아."

"난 상관없어. 네 마음대로 해. 이제 그 곡 내 거 아니야. 네 거야."

그런데 우제의 마지막 말이 내 마음을 후벼 팠다. 내 거 아니라는 그 말이.

"손 떼고 싶다는 거야?

나는 허공을 쳐다보며 혼잣말처럼 중얼거렸다.

"뭐?"

"네 말투가 지금 그렇잖아."

우제가 쓱 나를 쳐다보고는 아무 대답도 하지 않았다.

"차우제."

언제나 자기와 관련된 일조차 남의 일 대하듯 하는 우제였다. 이해할 수 없어도 원래 그런 애니까, 생각할 수 있었다. 하지만 이 곡에 관해서는 달랐다. 우제를 더 이상 이해하기 어려웠다. 나는 자리에서 벌떡 일어섰다.

"넌, 별생각 없는 거지? 이 곡이 어떻게 되거나 말거나."

우제는 여전히 답이 없었다. 나는 입을 앙다물었다. 이제 이 관계를 잘라 버려야 할 때가 왔다는 생각이 들었다.

"이제 우리 연락하지 말자. 나도 너한테 연락하지 않을 테니까."

우제에게 그렇게 쏘아붙이고는 나는 곧장 앞으로 걸어 나갔다. 나쁜 놈. 속으로 중얼거리며 다시 볼 일 없을 거라고 다짐했다.

"야, 장소이!"

그때였다. 칼날 같은 우제의 목소리가 내 발걸음을 붙들었다. 돌아보자 우제가 우두커니 그 자리에 서 있었다.

"기다려. 나도 할 말 있으니까."

그렇게 진지한 우제를 본 적이 없었다. 한참이나 나를 노려보던 우제가 내 쪽으로 성큼성큼 걸어오기 시작했다. 내가 알던 가볍고 비실비실한 걸음걸이가 아니었다. 뭔가 결단을 내린 사람처럼 차분히 걸어오는 모습이 전혀 다른 사람 같았다.

"무슨 할 말?"

나는 바짝 다가온 우제를 향해 물었다. 굳은 표정으로 나를 똑바로 쳐다보는 우제가 낯설기만 했다.

"너, 왜 날 찾아왔던 거였어?"

예상치 못한 물음에 나는 우물쭈물했다.

"내가 누구인지 알고 일부러 찾아온 거였잖아."

눈앞에 섬광이 번쩍인 듯 나는 멍해졌다. 답해야 한다는 생각과 말 한마디가 또 다른 오해를 불러 올 수도 있을 거라는 두려움이 뒤섞여 나는 아무 말도 할 수 없었다.

"너희 아버지가 살릴 만한 녀석인지 알아라도 보고 싶었던 거야?"

하지만 정곡을 찌르는 말에 나는 흠칫 놀랐다. 나는 우제의 눈 대신 목덜미에 송골송골 맺힌 땀방울을 바라봤다. 해를 등진 우제의 머리며 어깨와 땀방울이 하나같이 금색을 띄었다. 우리는 한동안 맞서듯 서 있었다.

"어땠는데?"

침묵을 뚫고 우제의 목소리가 튀어나왔다.

"뭐?"

"어땠냐고 내가."

"……."

"형편없었겠지."

아니라고 부정해 주고 싶었다. 하지만 입이 떨어지지 않았다. 그동안 그런 생각이 없진 않았으니까.

"난, 살 가치가 없는 애야."

"야! 무슨 말을 그렇게 해."

나는 아연실색하며 목소리를 높였다. 우제가 그렇게까지 생각하길 바란 적은 없었다.

"나 때문에 두 분이나 세상을 떠나시게 만들었으니까!"

잘못 알아들은 줄 알았다. 두 분이라니.

"뭐……? 그게 무슨 소리야."

고개를 떨군 우제에게서 나지막한 목소리가 새어 나왔다. 처음 듣는 그 애만의 이야기였다.

"상가에 사람이 아직 남아 있어요!"

우제는 건물을 빠져나온 뒤 완전히 탈진해 바닥에 쓰러졌다. 엎드린 채 뒤를 돌아보니 불타는 건물 위로 육중한 검은 연기가 피어오르고 이따금 굉음 소리가 들려왔다. 우제는 그 속에서 두려움과 공포에 반쯤 질린 채로 미친 듯이 소리를 내질렀다.

그때 한 사람이 다가왔다. 자세히 보니 소방관이었다. 소방관인 걸 알아보자마자 우제는 검댕이 묻은 손을 들어 3층을 가리켰다.

"저쪽에 사람이 남아 있어요?"

우제가 가리킨 쪽을 올려다보며 소방관이 물었다.

"네, 그쪽에. 저를 출구 쪽으로 이끌어 주셨는데 돌아보니 불길이 금세 가로막고 있었어요. 바로 못 빠져나오신 거 같아요."

우제는 가빠진 호흡 때문에 연신 밭은 기침을 뱉어 내면서도 말을 멈추지 않았다.

"구해 주세요, 구해 주세요, 제발."

그러곤 두 손으로 소방관의 발을 붙들고 빌었다. 화염이 이글거리는 상가로 그 소방관이 들어서는 모습을 먼발치에서 바라볼 때만 해도, 그곳에 남은 사람이 바깥으로 모두 빠져나올 수 있을 줄 알았다. 다 같이 살아남을 거라 믿었다.

하지만 그 후 상가 밖으로 나온 사람은 아무도 없었다.

"그 사람이…… 너였어?"

우제는 대꾸 없이 나를 바라보기만 했다. 거무스름한 얼굴이 온통 땀으로 범벅된 상태였고, 처진 어깻죽지가 가느다랗게 떨렸다. 흐릿한 눈빛으로 나를 응시하던 우제가 힘없이 중얼거렸다.

"아무도 구하지 못했어, 난."

그때 전소되어 허물어진 상가 건물처럼, 우제가 그 자리에 힘없이 주저앉았다.

"난 살 필요가 없는 인간이라고!"

우제가 목 놓아 소리치고는 고개를 푹 숙였다. 거리를 걷던 사람들이 걸음을 멈추고 우리를 힐긋거렸다. 나는 아연한 얼굴로 우제를 내려다보았다. 그러고는 우제 곁에 무릎을 구부려 앉았다. 내가 할 수 있는 일이라고는 하나밖에 없었다. 누군가가 나를 말없이 품에 안아 주었듯이, 나도 감싸 안아 주는 것.

"세상에 나 같은 인간이 또 있을까?"

나는 어떤 말을 해 줘야 할지 몰라 침묵을 지켰다. 우제는 경찰 조사 이후 그 이야기를 다시 꺼낸 건 오늘이 처음이라고 했다. 누구에게도 말하지 못한 채 무겁게 간직하고 있던 것을 내게 꺼내 보인 것이었다. 우제는 무기력한 채로 늘어져 있던 게 아니라, 매일같이 자신을 짓누르는 무게 속에서 살아온 건 아니었을까. 그날 밖으로 나오지 못한 두 사람의 희생, 그분들과 자신 중 누가 살아남았어야 했는지에 대한 자책, 그분들을 생각해서라도 더 잘 살아야 한다는 사람들의 당부까지 모두 그 애를 누르고 있었을 거다. 우제는 자신만 살아남았다는 사실에 깊은 죄책감을 안고 살아가고 있었다. 내 눈에 그 애는 마치 스스로를 벌주고 있는 것 같았다

"세상에 너 같은 사람은 없어."

우제의 어깨가 움찔 떨렸다. 우제는 나와 다른 사람이었다. 그런데 나는 우제를 내 방식대로 판단하고 있었다. 우제가 그 일로 괴로워하고 있을 거란 생각은 하지 못했다. 오히려 세상일에 심드렁하고 무책임한 우제를 미워하기도 했었다. 하지만 이제는 그러지 않기로 했다. 그 애가 그동안 짊어졌던 짐의 무게를 이해할 수 있을 것 같아서였다. 우제가 비로소 그 짐을 내려놓을 수 있기를, 나는 우제를 바라보며 소망했다. 우제로 인해 한 가지 알게 된 사실이 있었다. 세상에 더 살 만한 가치가 있는 사람은 없다는 것이었다. 누구나 살아야 할 이유와 가치가 있었다. 아빠는 위험에 빠진 낯모르

는 타인의 생명을 자신의 안전보다 귀중하게 여겼다. 아빠가 구한 사람이 아니라, 아빠 스스로가 자기 삶을 의미 있게 만들었다. 나는 이제야 아빠를 조금이나마 이해할 수 있을 것 같다.

사진 속에서 보았던 진이섭 소방교님과 아빠의 얼굴이 겹쳐 떠올랐다. 시를 쓴 이후, 그분들이 나를 지켜보고 있다고 생각하면 마음이 따뜻해진다. 그분들이 내게 뭔가를 부탁하는 것 같았다. 다 하지 못한 말을, 우제에게 건네 달라고. 나는 용기 있게 말했다.

"네 잘못이 아니야."

19

"소이야. 음악 다시 해 보고 싶은 생각 없어?"

저녁을 먹다 말고 엄마가 뜬금없이 물었다.

"갑자기 그게 무슨 소리야."

나는 시치미를 떼며 엄마가 끓여 준 콩나물국을 떠먹었다. 오늘따라 짠맛이 강했지만 내색하지 않았다.

"소이 넌, 음악 할 때가 제일 살아 있어 보였거든."

"지금은 살아 있어 보이지 않는다는 얘기야?"

내가 되묻자 엄마가 "꼭 그렇다는 건 아니고." 하며 입을 우물거렸다. 엄마는 국이 전혀 짜게 느껴지지 않는 모양이었다. 엄마는 내가 연습생 시절 이후로 음악에는 손도 대지 않는 줄 안다.

"괜찮아, 엄마. 나 이제 음악 안 해도 돼."

나는 짐짓 아무렇지 않은 표정을 지었다. 하지만 엄마가 슬금슬금 내 눈치를 보는 것 같아 한마디 보탰다.

"공부 더 열심히 하려고."

"아이고."

엄마가 기도 안 찬다는 듯이 피식 웃었다.

"너 학원 가겠다고 하고는 다른 데로 샜던 거 엄마가 모르는 줄 아니?"

"알았어……?"

"그럼. 내가 다른 엄마들처럼 잔소리를 안 해서 그렇지, 너에 대해 알 건 다 알아."

가끔 엄마는 뒤통수에도 눈이 달린 사람처럼 굴었다. 그게 꼭 안 좋다고는 할 수 없었지만, 내가 말하지 않은 속마음까지 다 알 것만 같아서 절로 뜨끔했다.

"너 그거 알지?"

엄마가 숟가락으로 국을 뜨다 말고 말했다.

"뭘 말이야?"

"너, 너무 애어른이야. 재미없어."

갑자기 머리가 띵해졌다.

"투정도 부리고 원하는 게 있다며 고집을 부리기도 하란 말이야. 다른 아이들처럼. 너무 혼자 다 감싸안고 있지만 말고."

엄마가 지그시 나를 바라본 뒤 이어 말했다.

"음악, 다시 해 봐."

"안 그래도 무대에 올라 보지 않겠냐는 제안을 받았어."

나는 때마침 못 이기는 척 말을 꺼냈다.

"뭐, 무슨 무대인데?"

"한 음악 프로그램에 나가서 내가 쓴 가사로 랩을 하는 거야."

"네가 만든 가사로?"

"응, 내 얘기가 담긴……. 그래서 이건 나만 할 수 있는 노래야. 그런데 어떻게 해야 할지 잘 모르겠어."

궁금해하던 엄마의 눈빛이 이내 의아함으로 바뀌었다.

"그건 왜 그런데?"

"……아직 준비가 안 돼서."

주저하는 기색을 내비치자 엄마가 나를 뚫어지게 바라봤다. 도무지 속마음을 가늠하기 어려운 표정이었다. 그런데 엄마가 뜻밖에도 쉽지는 않겠구나, 하며 고개를 주억거렸다.

"그래도 소이야."

"응?"

"완벽하게 준비되는 때는 안 오는 거 같아."

엄마가 그 말을 내뱉곤 빈 그릇과 수저를 챙겨 들고 개수대로 향했다.

"음악은 네가 더 잘 알겠지. 근데 학교 다닐 때 엄마도 배운 적 있어. 왜, 4분의 4박자 노래인데 4박자가 아닌데도 시작하는 마디 있거든. 불완전마디인가."

와락와락 설거지를 하며 엄마가 허공에 대고 말했다.

"불완전하게 시작해도, 음악은 어쨌든 이어지잖아. 그래서 기억해. 불완전하게 시작해도 괜찮다니, 재미있다고 생각했거든. 다들 헷갈려서 맨날 시험에 나오기도 했고."

"……."

"그나저나 너 그거 잘난 척이야. 완벽하길 바라다니. 엄마는 콩나물국만 20년째 끓이는데도 이렇게 가끔 바닷물을 만드는데, 그 콩나물국보다 덜 산 네가? 아직 멀었어. 원하는 게 있다면 일단 시작해, 하겠다고 우겨라도 보란 말이야. 까짓것 실패하면 엄마한테 말하고, 털어 버리면 되지."

대수롭지 않다는 듯 말하는 엄마의 뒷모습을 나는 한참 바라보았다. 꿈을 이루겠다던 나 때문에 가족들이 몸도 마음도 힘들었던 때가 분명히 있을 텐데, 엄마는 또다시 나에게 뭐든 해 보라고 말한다. 실패하더라도 가족에게 돌아오면 그만이라고 하고. 갑자기 콧등이 시큰해지고 눈가가 흐려졌다.

"못갖춘마디."

"뭐라고?"

내가 나직이 중얼거리자 엄마가 되물었다. 나는 그 말에 답하지 않고 현관으로 갔다. 이러다 엄마에게 눈물을 보일 것 같았다.

"잠깐 어디 좀 다녀올게, 엄마."

"응? 어딜 가는데!"

엄마의 음성을 못 들은 것처럼 나는 대답 없이 문을 닫았다. 현관문에 등을 대고, 촉촉해진 눈가를 더듬더듬 매만졌을 때였다. 김시은 선생님에게서 문자가 도착했다. 긴 문자의 마지막에는 이렇게 적혀 있었다.

― 우제는 좋은 사람일 거야. 우제도 소이 아버님을 구하고 싶었던 거잖아. 그 애가 할 수 있는 최선을 다한 거라고 나는 생각해. 우제가 아니었어도 이섭 씨는 묵묵히 그곳으로 향했을 거야. 그런 사람이었으니까. 나 대신 우제에게 괜찮다는 말을 꼭 전해 줘. 그러니까 무거운 짐을 내려놓고 지금 이 순간을 살아가자고.

이건 나에게 보내는 문자인 동시에 우제에게 하는 말이었다. 나는 눈물을 훔치고, 이 이야기를 들어야 할 진짜 주인에게 메시지를 보냈다.

차가운 보슬비가 물안개처럼 뺨에 스며들었다. 발걸음을 빨리 옮기는데 어디선가 희미한 음악이 들려오는 듯했다. 가만 귀를 기울이자 우제가 만든 비트가 가슴속에서 심장 박동처럼 고동치는 소리였다. 뭔가 씻겨 나가는 기분과 함께 나는 달리기 시작했다. 빗줄기가 거세지면서 쉴 새 없이 흘러내리는 빗물이 눈가와 입술을 적셨다. 주위 불빛이 리듬을 타고 물결치듯 일렁였다. 어쩐지 그 빛과 소리가 내게 뭔가를 재촉하고 있는 것 같았다. 나는 알았다. 이제 랩을 시작할 시간이라는 걸. 나는 비트를 따라 빗속에서 랩을 읊조리기 시작했다.

20

　방송 녹화가 시작되었다는 제작진의 사인을 확인하고 나는 우제의 얼굴을 바라봤다. 평소처럼 무표정했지만 긴장한 기색이 역력했다. 관객들의 함성과 함께 등장한 사회자의 모습이 모니터에 비쳤다.

　"드디어 리얼 래퍼를 가리는 마지막 경연이 이뤄지는 마지막 날이 찾아왔습니다. 그동안 이 방송을 지켜보신 여러분들도 마음속에 최종 우승 크루를 가늠하고 계실 것 같은데요, 오늘 무대를 통해 마지막 승자를 확인하실 수 있기를 바라겠습니다. 오늘 리얼 래퍼의 마지막 경연 주제는 '나만의 무대'입니다. 마지막 남은 두 크루가 형식에 구애받지 않고 자신들만의 무대를 꾸미는 건데요. 첫 번째로 공연을 진행할 맥스 크루는 야외무대를 준비했다고 합니다. 무대 장소는 곧 철거를 앞둔 한 건물 앞이라고 하는데요. 나만의 무대를 왜 그곳으로 정했는지 그 이유를 지금 바로 맥스 크루를 통해 알아보시죠."

사회자가 멘트를 마치자마자 화면이 야외무대로 이동했다. 건물을 등지고 공원을 향해 설치된 무대 앞을 이미 많은 사람들이 가득 메우고 있었다. 화면 이곳저곳에 상가에서 생계를 꾸려 가던 이들의 익숙한 얼굴이 비치기도 했다. 이곳을 무대로 만들어 보는 게 어떻겠냐고 나선 건 나였다. 화재 안전에 취약한 건물이었다. 철거를 앞둔 이곳이 우리의 이야기를 하는 데 적합한 곳이라는 생각이 들었다. 스튜디오 무대가 아닌, 우리의 이야기가 더 큰 의미를 가질 공간이면 좋겠다고 생각했다.

제작진을 설득한 건 맥퀸이었다. 예산이며 생방송 환경, 연주 무대와 촬영 장비를 야외에 이중으로 설치해야 하는 등의 문제가 많았지만, 장비를 최소화하는 선에서 진행하는 것으로 협의를 마친 게 불과 이틀 전이었다. 제작진이 맥퀸이 설명한 공연 의도를 최대한 반영해 준 덕택이었다.

맥스 크루 멤버들이 공연 준비를 하는 과정이 담긴 영상이 지나가고, 다시 화면에 건물 앞 야외무대가 비치자 심장이 두근거리는 소리가 귓가에서 울렸다. 무대 앞에 마련된 스탠드 마이크 앞으로 맥퀸이 다가섰다. 모니터 화면 구석에 곡의 제목이 떴다.

'나 자신'

피아노 건반이 차례로 한 음씩 눌리는 소리가 들리는 것과 동시에 건물 위에서 대형 현수막이 아래로 펼쳐졌다. 하얀 현수막에는 아빠와 진이섭 아저씨의 얼굴이 새겨져 있었다. 엄마와 선생님의 동의를 받고, 유주가 직접 그린 그림을 인쇄해 현수막으로 제작한 것이었다.

공연 때 내걸릴 현수막을 확인하기 위해서 유주와 나는 어제 오후 이곳을 미리 찾아왔었다. 볼일을 마치고 우리는 텅 빈 건물 내부를 함께 둘러보았다. 건물 이곳저곳을 걸어다니면서도 이곳을 최근까지 많은 사람들이 왕래했다는 사실이 좀처럼 실감 나지 않았다. 그런데 같이 걷고 있는 줄 알았던 유주가 보이지 않았다. 돌아보자 유주가 멈춰 서서 벽에 뭔가를 그리고 있었다. 다가가서 보니 내 얼굴이었다.

"이건 나잖아."

"응, 네 얼굴."

"내가 이렇게 못생겼어?"

"어? 실제보다 귀엽게 그렸는데."

"못 참아."

나는 저만치 뛰어가 펜을 꺼내 유주의 얼굴을 얼른 벽에 그려 냈다. 잰걸음으로 따라온 유주가 내가 그린 그림을 보고 "아, 뭐야. 내 얼굴!" 실망한 표정을 지었고 나는 쿡쿡 웃었다. 그렇게 시작된 일이었다. 건물 곳곳에 유주와 나는 그림을 그려 넣었다. 아무것도 없는 칙칙한 빈 공간이 우리가 새겨 넣은 그림들로 인해 약간의 생기가 도는 것도 같았다. 마치 함께 어울려 놀던 어린 시절처럼 유주와 나는 시간이 가는 줄 모르고 벽과 벽에 기대 서서 뭔가를 계속 그려 나갔다. 유주의 아빠 얼굴을 그리다가 아저씨의 모습이 생각보다 선명하게 기억나는 것에 깜짝 놀랐다. 시간이 모든 걸 앗아 가지는 않는가 보다 생각했고, 그러자 조금 안심이 되었다.

현수막 속 아빠와 진이섭 소방교 아저씨의 얼굴을 바라보았다. 어딘지 닮은 것 같기도 한 두 사람의 모습을 한동안 응시하다 코끝이 시큰해졌다. 유주도 지금 어디에선가 무대를 바라보고 있을 것이었다. 유주 엄마와 엄마 그리고 선생님과 진지도.

띄엄띄엄 한 음씩 피아노 건반 소리가 들리고 난 후, 맥퀸이 마이크를 두 손으로 감쌌다.

어떤 사람들은 얘기해. 세상에 정의가 살아 있냐고.

랩의 첫 소절이었다. 이제 나갈 준비를 해야 할 시간이었다. 우제가 인이어를 귀에 꽂으며 내 쪽으로 고개를 내밀었다.

"준비됐어?"

나는 고개를 끄덕였다. 우제가 무대 쪽을 향해 발을 옮겼다.

"차우제."

나에게 손목을 잡힌 우제가 뒤를 돌아봤다.

"자유롭게 해."

떨리는 마음을 가라앉히며 나는 우제에게 말했다.

"알겠어."

긴장된 마음을 물리치려는 듯 우제가 씨익 웃어 보였다. 그런 모습이 낯설어 기분이 이상했다. 우제는 홀가분해 보였다. 어쩌면 홀가분한 건 나인지도 모른다. 나는 이제 우제에게서 나를 찾지 않는다. 아픈 기억을 품고 있다는 안타까움, 죄책감에 짓눌려 있는 모습에 대한 안쓰러움, 혼자 설 수 있을지 모르겠다는 불안함조차 모두 나 자신을 위한 것이었다. 어쩌면 나는 우제가 그 화재로부터 영원히 벗어나지 못하기를 바란다고 생각했는데, 불탄 건물 앞에서 서성인 건 다름 아닌 나였던 것 같다. 하지만 이제는 아니다. 나는 걷기 시작했다. 우제도 그럴 것이다. 우리가 앞으로도 친구일지는 모르겠지만, 서로에 대한 믿음만은 변함없을 것이다.

곤경 빠진 사람들, 거들떠보지 않는 자들. 타인에게 내밀어야 할 손으로 영상 찍는 동안, 도움 필요한 사람 그저 구경거리 되어 가네. 나도 그중 한 사람. 사람들 고통받고 싸우는 영상 재밌다며, 언제나 킬킬거렸네.

일정한 리듬으로 피아노가 맥퀸의 랩을 따라갔다. 모니터에는 관중들의 모습이 비쳤다. 무대를 바라보는 사람들 가운데 익숙한 얼굴이 보였다. 선생님이 조금은 상기된 표정으로 무대를 지켜보고 있었다. 무대에 선 내 모습이 어떻게 비칠지 걱정이 되었다. 그러다 문득 내가 여전히 누군가의 시선과 평가에 얽매여 있다는 걸 깨달았다. 다시 바라본 선생님의 눈은 나를 평가하고 판단하는 게 아니라 기대와 응원으로 가득 차 있었다. 마치 내 시를 읽을 때처럼.

그런 내 속에서 터진 알갱이 하나는 부끄러움이었네. 그게 우리를 여기로 이끌었지. 돈 대신 명예 대신 마이크로폰 택했네. 그게

우리가 이 무대 택한 이유. 사람들은 달콤한 거짓말을 원하지, 진실은 진부하고 손해 보는 것이니까. 지금부터 얘기할 테니 잘 들어 봐, 우리가 부끄럽지 않아야 할 이유.

맥퀸이 도입부의 랩을 무사히 마치고 밴드의 연주가 시작됐다. 이제 우리가 오를 차례였다. 우제가 다부진 표정으로 스윽 나를 한번 바라보고는 무대로 달려갔다. 그토록 서고 싶었던 그 무대 위를 우두커니 올려다봤다. 연주 속도가 점점 빨라지며 그 위에 바이올린 소리가 겹쳤다. 마이크를 타고 허공에 우제의 목소리가 울리기 시작했다.

나는 8월 14일 정의상가 화재에서 살아남은 아이. 한 사람은 날 구하려다 또 한 사람은 날 구한 사람 살리려다 그 안에서 나오지 못했네. 살아남은 게 기쁘냐고 하면 No. 널 구해 준 사람 몫까지 살라는 말도 이젠 No. 살기 위해 매일 같이 젓는 노. 당신들 몫까지 살지 못할까 봐 부담이 됐네. 차라리 구름이 되고 싶었지. 그냥 어딘가로 흐르고 말게. 사람들 눈 띄지 않게 닦아 내 흐르는 눈물. 다른 사람 몫까지 살아야 한다는 부담 때문에 말하지 못했네. 안부를 전하지 못했네. 잘 지내나요, 날 살린 사람들. 고마워요, 살려 줘서. 비겁하게 그 말 한마디 하지 못하며 살았

네. 이젠 내가 살아가야 할 차례. 다시 찾아야지, 나 자신.

'무대에 서면 어떤 기분일까.'
언젠가 연습생 시절 아빠가 내게 말했었다.
'무대에 있는 너를 바라보는 내 마음은 또 어떨까.'
그렇게 말하며 웃던 아빠를 떠올리며 나는 하늘을 바라봤다. 내가 지금 여기 서 있다고. 똑똑히 내가 노래하는 모습을 보라고 마음속으로 중얼거린 다음 나는 무대로 발을 내밀었다. 나만의 노래를 시작할 시간이었다.

0.8.1.4. 나는 한 사람을 잃었네. 저기 저 아이 구하려다 못 나온 사람 내 아빠. 그때 이후 마주치는 이들마다 내게 괜찮냐 물어. 괜찮다 말하다 허기질 정도로 억지로 고개 숙여. 사람들 앞에서 어떻게 해야 할지 몰라 표정 없애 버린 지 오래. 거울 보기 싫어 습관적으로 고개 돌리지. 내게 닥친 불행, 당신에게는 다행인 게 싫어 문을 걸어 잠가. 닫힌 문 열지 못해 그 안에 갇힌 건 나. 갇힌 방에서 신을 원망했던 나. 신에게 따지듯 물었네. 세상이 선한 사람들 무덤이냐고. 그 속에 난 아무것도 할 수 없는 겁쟁이. 닿을 수 없는 꿈을 꾸느라 벌 받는 나. 후회하며 울다 소리쳐. 근데 그 벌을 왜 아빠가 받아야 해. 아빠가 구한 세

상이 다 싫었지. 언제나 비겁하게 숨어 있던 건 바로 나 자신, 우리 자신.

바이올린과 드럼이 연주될 차례였다. 나는 숨을 고른 다음 빨라진 비트에 몸을 실어 리듬을 탔다. 갇힌 곳을 나와 어딘가로 달려가고 있는 시원한 기분이었다. 아직 뱉어 낼 가사가 남아 있었고 나는 그 순간을 차분히 준비했다.

상상 못 할 절망에 몸서리친 사람들 있었어. 나도 그 속에 슬픔을 섞었네. 혈연처럼 맺어진 슬픔으로 서로를 다독이다 알게 됐네. 그 사람들도 우산이 필요하다는 사실. 힘없는 팔로 우산 받쳐 들었지. 어떤 비바람 몰아쳐도 우산 놓치지 않고 버틸 거라 다짐했지. 아빠처럼 나 역시 피하지 않고 버틸 거란 사실. 타인 향한 손 놓지 않는 사람 될 거라는 거. 자물쇠 깨고 문 열지 않으면 언제나 난 겁쟁이. 비겁하지 않기 위해 이 무대에 나섰네. 이제 문 열어, 그 속에만 담아 둔 나 자신, 우리 자신.

우제 쪽으로 마이크를 흔들어 보였다. 우제가 나를 향해 손을 흔들었다.
준비됐어?

눈짓으로 우제에게 물었다. 우제가 고개를 끄덕였다. 우리가 함께 노래할 마지막 순간이 다가오고 있었다.

그때 객석에서 또 한 명의 익숙한 얼굴을 찾았다. 순간 나는 입을 뗄 수 없었다. 옆에 선 우제가 당황한 게 느껴졌다. 노련한 밴드 연주자들이 내가 들어갈 비트를 반복해서 연주했다. 하지만 곧 관객들도 뭔가 이상하다는 것을 눈치챘다. 그런데…….

"겁내지 말고 해!"

소령이 나를 똑바로 보며 외쳤다. 사람들이 소령을 돌아보더니 따라 외쳤다.

"계속해요!"

"좋아요, 좋아!"

소령의 결연하고 진심 어린 눈빛은, 포기하지 말고 이 노래를 마지막까지 해내라는 격려이자 절실한 응원 같았다. 내 안에서 잠시 끊겼던 음악이 다시 들려왔다.

"마이크로폰 들어, 우제!"

걱정스럽게 나를 바라보던 우제가 숨을 돌리고 마이크를 입에 가까이 가져갔다. 이제 마지막 가사를 뱉어 낼 순간이었다.

알려 줘 come in front of me 네가 가진 두려움에 대해.

우제와 내가 같이 랩을 하는 것과 동시에 맥퀸과 크루 멤버들이 뛰어 나왔다.

막다르고 외진 길 앞 네가 느낀 감정 뭐였는지 알고 싶어. 그러니 내 앞에 와서 알려 줘 come in front of me 네가 가진 두려움에 대해. 프런트에서 체크아웃해 두려움 you are gonna get over any obstacles. 내가 알지 넌 바다와 불을 가를 수 있는 사람 그건 두려움 아닌 물러서지 않는다는 거.

목소리가 한데 모여 하늘에 울려 퍼졌다. 그 순간만큼은 시간이 멈춘 듯 더디게 흐르는 것 같았다. 우제의 입에서 마른침이 튀어나왔다. 맥퀸은 땀에 젖어 번들거리는 얼굴로 몸을 흔들었다. 다들 열의에 찬 눈빛으로 최선을 다해 랩을 외치고 있었다. 그들의 모습을 보면서 갑자기 든 생각이 있었다. 이 무대는 누구를 위한 걸까. 오직 나 자신만을 위해 랩을 하고 있는 게 아니라는 사실만은 분명했다.

  나는 고개를 돌려 관중 속에서 선생님이 있는 곳을 찾아 두리번거렸다. 그런 나를 알아보기라도 한 듯 사람들 속에서 선생님이 나를 향해 손을 들어 흔드는 게 보였다. 이 노래가 우리의 노래라는 걸, 선생님도 알고 있다는 듯이.

무대를 마치고 난 후 사회자가 공연 소감을 물어 왔다. 맥퀸이 채 가라앉히지 못한 숨을 고르며 대답했다.

"저희가 할 말은 음악으로 다 보여 준 것 같아, 그것으로 만족합니다."

나 역시 그랬다. 오랜 시간 묵혀 두었던 내 안의 이야기들을 비로소 꺼낼 수 있었다. 리얼 래퍼의 우승 트로피는 우리 크루의 품에 안겼다. 맥퀸은 수상 후 상금 전부를 정의상가 화재 때 희생된 분들의 유가족에게 전달하겠다고 했다.

그날 이후 앞으로 어떻게 살게 될까, 그런 생각을 종종 하게 되었다. 예전의 나는 자주 비슷한 꿈을 꾸었었다. 매일이 반복되는 꿈이었는데, 그건 꼭 현실의 모습과 다를 바 없어 악몽처럼 느껴졌다. 아무 희망이 남아 있지 않던 현실 말이다. 그런 오늘이 어쩌면 영원히 계속될지 모른다는 불안감 속에서 지내던 날들이었다.

하지만 그 공연 이후 바뀐 게 하나 있었다. 내일이 어쩌면 조금은 다를 수 있겠다는 생각을 갖게 된 것이다. 어차피 오늘과 똑같을 내일을 기다리는 게 무의미하다고 생각하던 나였다. 매일이 반복되는 악몽 대신, 아빠가 나를 향해 웃고 있는 꿈을 꾸곤 한다.

 내게 내일을 기다리는, 없던 버릇이 생겼다.

에필로그

"엄마. 국이 너무 짜."

"우리 소이가 요즘 생전 안 하던 반찬 투정을 하네."

엄마가 나를 흘겨본다.

"투정이 아니라 정말 짜서 하는 얘기야."

"알겠어. 먹지 마, 그럼."

엄마가 내 국그릇을 자기 앞으로 신경질적으로 끌어갔다.

"아니, 오늘 말고 다음부터 신경 써 달라고."

나는 엄마가 끌어간 국그릇을 슬며시 가져오며 말했다. 언제는 나더러 애어른 같다면서 투정 좀 부리고 하라던 엄마였다. 하지만 엄마는 정작 내가 조금만 뭐라고 하면 금세 서운해한다.

"엄마. 글 쓰기 수업 계속 다닐 거야?"

뾰로통한 표정의 엄마 눈치를 보며 내가 물었다.

"모르겠어."

나를 한 번 쓱 쳐다보고는 엄마가 피식 웃었다.

"시만 쓰려고 하면 머리가 계속 간지러운 느낌이야. 시를 언제 써 봤어야지. 근데 김시은 선생님 정말 잘 가르치시더라."

언제 서운해했냐는 듯 엄마가 신이 나서 말했다.

"그렇지?"

"응. 어제는 물기에 젖은 운동화를 떠올려 보라고 하시더라고. 그런 다음 햇볕에 두고 서서히 말라 가는 운동화를 생각해 본 다음, 그것에 대해 시의 형태로 한 번 써 보라고 하셨어."

나는 엄마의 얘기를 들으면서 선생님의 음성을 떠올렸다.

'소이야. 그걸 마음이라고 생각해 봐. 아직 촉촉이 젖어 있는 데가 있는 건 아닌지. 모양새는 어떻게 변했는지. 맨발에 신어 보면 어떨지 말이야. 마음도 운동화랑 같아. 햇볕을 쬐이면 조금 더 나아져.'

"그래서 썼어?"

"당연히 썼지."

"보여 줘."

"뭐? 안 돼, 비밀이야."

"비밀? 모녀 사이에 비밀이 어딨어. 좀 보여 줘. 진짜 궁금하단 말이야."

"무슨 소리야. 싫거든."

엄마가 나를 쏘아보며 말했다.

"너한텐 영원히 비밀로 할 거야."

순간 어이가 없어졌다. 그러다 문득 마음에 안도감 같은 게 내려앉았다. 엄마 마음속에 있을 이야기들도 조금씩 단단한 문 밖으로 나오고 있나 보다.

"올 때가 됐는데……."

엄마가 식탁 위의 시계를 보며 중얼거렸다.

"밥 잘 먹었습니다. 엄마 나 편의점에 좀 다녀올게."

"뭐 살 거 있어?"

"응, 멀티 탭. 방에서 이제 전기 나눠 써야 하잖아."

"그러네. 같이 생활하려면 불편하지 않겠어?"

"전혀."

말은 그랬지만 사실은 나도 모르겠다. 당장 내일부터 예전에 같이 살았을 때처럼 서로 으르렁거릴지도. 하지만 다시 같이 살아 보고 싶었다, 어떻게 되든. 걱정이 되면서도 한편으로 기다려지는 내일이 내게 생겼다.

"금방 다녀올게."

나는 현관으로 향하다 방향을 바꿔 방으로 들어갔다. 요즘 거울을 보는 게 습관이 되어서 그렇다. 입술에 엷게 틴트를 바른 다음 이리저리 표정을 바꿔도 보았다.

"우유도 하나 사 와!"

"접수!"

엄마의 뒤늦은 부탁과 함께 나는 현관문을 열었다. 기다렸다는 듯 토요일의 빛이 한꺼번에 쏟아져 내렸다. 부신 눈을 잠시 감았다가 살며시 뜨자 누군가 앞을 가로막고 있었다.

이제는 나보다 훌쩍 더 커 버린 듯한 소령이었다. 막상 소령을 마주치고 나니 무슨 말을 해야 할지 몰랐다.

"짐은?"

머뭇거리며 내가 물었다.

"이삿짐 트럭에. 이모도 밑에 있어."

휴. 나는 안도의 숨을 내쉬었다. 정말로 소령이 집에 도착한 것이었다. 꿈은 아니겠지? 나는 눈을 세게 감았다 떴다. 소령의 얼굴에 아빠의 얼굴이 잠시 아른거렸다. 소령은 아빠를 많이 닮았다. 크면 클수록.

"밥은 먹었고?"

"아니."

"그럼, 밥 먹고 짐 나르자. 근데 엄마가 만든 국이 좀 짜."

"언니."

"응?"

"엄마 음식은 원래 간이 좀 짜. 몰랐어?"

새삼스러운 일이냐는 듯 소령이 말했고, 나는 웃고 말았다.

"엄마!"

나는 집 안쪽을 향해 크게 외쳤다.

"소령이 왔어!"

소령이 집 안이 낯선 듯 고개를 갸웃거리며 들여다보았다.

"언니는 어디 가?"

"아, 나 편의점에 다녀오려고."

"알겠어."

소령이 현관 안으로 발걸음을 옮기며 "엄마!" 하고 불렀다. 후다닥 달려 나오는 소리가 들리더니 거실에 나온 엄마가 소령을 안아 주었다. 엄마가 소령의 등 너머 나를 향해 고개를 끄덕였다.

문을 닫고 계단을 내려가자 이삿짐 기사 아저씨와 이모가 보였다.

"소이야, 어디 가니?"

"편의점에요. 금방 다녀올게요."

"그래, 조심히 다녀와."

최근에 사람들은 내게 사소한 안부를 묻는다. 그런데 그게 귀찮지가 않다. 나는 편의점으로 서둘러 향했다. 약국에 들러 비타민도 하나 사야겠다고 생각했다. 부쩍 야위어 보이는 소령에게 건네주면 좋을 것 같아서. 빨리 다녀올 생각에 발걸음을 빨리했다. 시원한 바람이 뺨을 어루만지는 것 같더니 멀리 날아가 버렸다. 요즘 들어 투명한 바람처럼 보이지는 않지만, 피부로 느껴지는 게 하나 있었다. 세상에 나 혼자가 아니라는 사실 말이다.

나는 주먹을 감아쥐고 바람의 꽁무니를 쫓아 힘껏 내달리기 시작했다.

작품 해설

비트는 계속되어야 한다

강수환(아동청소년문학 평론가)

수줍게 고백하자면, 나는 힙합 경연 프로그램 「쇼미더머니」(Mnet)의 애청자였다. 애청자라고 말했지만 실은 무려 11시즌을 시청한 지금도 힙합이 뭔지 여전히 잘 모르겠다. 그래도 매주 금요일 밤마다 꾸준히 챙겨 본 이유는, 나로서는 평소 만나기 어려운 젊은이들의 생생한 목소리를 이 프로그램을 통해 들을 수 있기 때문이었다. 목소리는 힘이 세다. 소리로 전달되는 감정과 에너지는 우리의 마음에 정확히 도착하기만 한다면 큰 물결을 일으킨다. 그래서 화려한 스킬과 완성도 높은 랩을 선보인 관록의 래퍼를 상대로 종종 신예 래퍼가 승리를 거두는 일이 벌어지기도 한다. 오히려 미숙하고 투박할지언정 반드시 쏟아 내야만 하는 것을 가진 이들의 목소리에는 남다른 힘이 있다. 『못갖춘마디』의 장소이와 차우제의 래핑처럼.

*

 채기성의 이전 소설을 읽은 이라면 『못갖춘마디』의 결말이 남다르게 다가왔을지도 모르겠다. 전작 『반음』(창비 2022)의 주인공 제주는 합창부에서도 엉겁결에 참여한 아이돌 오디션 프로그램에서도, 불협화음을 일으키는 '반음' 취급을 받으며 거의 괴롭힘에 가까운 질책과 악플 세례에 시달린다. 물론 제주는 무너지지 않고 꿋꿋한 태도로 어른들의 부당함에 맞서지만, 그 과정에서 오디션 프로그램을 자진 하차해야만 했다. 이렇게 말해 본다면 어떨까. 소이가 크루 멤버들과 결승 무대에서 펼친 혼신의 공연은, 끝내 자기 무대를 갖지 못했던 제주의 몫까지 대신한 것이었다고 말이다. 그만큼 채기성의 작업들은 모종의 연결성을 지닌다. 그는 소설을 악보 삼아 불협(不協)과 불완전함으로부터 특별한 조화로움을 발견하려는 작가다.
 물론 조화로움에 이르기 위한 여정이 마냥 쉬울 리 없다.

심지어 가까운 이의 죽음으로부터 이야기가 출발한다면 더더욱. 이 소설에는 세 사람의 죽음이 등장한다. 소이의 아버지, 유주의 아버지, 진이섭 소방관. 죽음은 셋이지만 동기는 하나로 모여진다. 이들은 모두 누군가를 구하기 위해 목숨을 잃었다. 그 가운데서도 소설은 이해하기 힘든 아버지의 죽음을 애도하지 못한 채 방황하는 소이의 내면을 집중적으로 응시한다.

소이는 대체로 어딘가 조금 화가 나 있다. "아빠는 항상 자기 자신이나 가족보다 남을 먼저 생각하는 사람이었다."(9쪽) 초반부 아버지를 회상하는 소이의 독백에는 은근한 원망이 묻어난다. 소이의 아버지는 화재 현장에서 사람들을 대피시키던 중, 결정적으로는 우제를 구하는 과정에서 그만 화마에 휩싸여 질식하고 만다. 사람들은 그를 의인으로 기억했지만 정작 소이는 아버지의 죽음을 받아들이기 힘들다. 어떤 사람일지도 모를 남을 위해 목숨까지 던진 아버지의 희생을 납득할 수 없었기 때문이다.

나는 그때 우제가 몹시도 미웠다. 고맙다는 말조차 하지 않는 아이. 냉담하고 주눅 든 얼굴로 살아남은 아이. 그럴수록 내 마음에 의문이 크게 일었다. 그건 아빠에게 던지는 질문이기

도 했다.(112쪽)

 어떻게 해야 아버지의 죽음을 이해할 수 있나. 아버지 대신 목숨을 건진 우제가 그만한 가치가 있는 아이라면 조금이나마 이 의문이 해소될까. 소이는 정체를 감춘 채 우제 가까이에서 오랜 시간 그를 지켜보지만, 도무지 답을 얻을 수 없다. 매사에 의욕도 없고 건성인 우제는 소이의 속을 답답하게 할 뿐이다.
 그러나 소이는 우제를 포기하기는커녕 "일자리도 소개해 주고, 싸움도 말려 주고, 공부도 봐 주고, 음악 이론도 가르쳐 주고, 없는 용돈에 간식도 사 주고 다"(81쪽) 하는 등, 거의 돌보다시피 우제에게 최선을 다한다. 그것은 어떻게든 네가 그만한 가치가 있는 존재임을 제발 내게 보여 달라는 소이 나름의 몸부림이었으리라. 하지만 소이가 아무리 노력한들, 그는 "아빠에게 던지는 질문"의 답을 결코 우제로부터 찾을 수 없을 것이다. 그 어떤 대단한 가치도 사랑하는 한 사람의 목숨에는 비견할 수 없는 까닭에서다. 우제가 자기 존재의 가치를 얼마만큼 증명하든지 간에 아버지의 희생이 당위성을 갖기란 불가능한 일이다.
 그렇다면 왜 소이는 우제의 곁에서 끝끝내 답을 구할 수 없는 질문에 천착했던 걸까? 한편 소이는 왜 위로를 건네는 유주를 향해 오히려 날카로운 말들을 쏟아 냈던 걸까? 아무래도 잠시 소이의 마음을 조금 더 들여다볼 필요가 있어 보인다.

*

전통적으로 '곡'은 죽은 사람을 위해 울음을 놓는 일(哭)이면서 노래하는 것(曲)이기도 하다. 쏟아 내지 못한 울음들이 응어리지도록 마음속에 단단히 가두는 것이 아니라 펼쳐 보일 때, 그렇게 한마음으로 슬픔을 함께 노래하며 서로의 아픔을 조금씩 나누어 갖고자 할 때, 우리는 서서히 애도에 이른다. 그러나 소이는 차마 울지도 노래(랩)하지도 못하고 있다.

미워하는 이를 보살피고 사랑하는 이를 도리어 상처 주는 소이의 태도가 누군가에게는 비이성적이거나 답답해 보일지도 모르겠다. 하지만 소이의 처지에서 생각해 보자. 아버지의 죽음은 이미 벌어진 일이다. 소이로서는 다른 선택지가 없다. 이 사실을 수용할 수밖에. 그러나 가족의 죽음이라는 크나큰 상실을 누군들 쉽게 받아들일 수 있겠나. 심지어 이 죽음은 마음먹기에 따라 피할 수 있는 것이었던 데다가 무엇보다 너무도 갑작스러웠다. 충분한 준비운동 없이는 숙련된 선수조차 부상을 입기 십상이다. 준비가 필요한 것은 마음도 마찬가지다. 아버지의 죽음을 받아들일 마음의 상태가 되기까지 아직 소이에게는 더 많은 시간이 필요했다. 그렇기에 소이는, 당장 마음으로 받아들이기 어려운 이 죽음을 머리로나마 수용해 보려 노력했던 것이 아니었을까? 그것이 비록 불가능한 일일지라도.

억지로나마 답을 마련한다손 치더라도 마음속에 고인 울음이 사라질 리 없겠으나, 소이는 그조차도 실패한다. "그럼 이제 어쩌지."(57쪽) 이것은 우제가 그나마 유일하게 열의를 보인 음악마저 포기한다고 선언했을 때, 소이의 마음속에 떠오른 한마디다. 이제 정말 어쩌나. 정답의 열쇠가 될 우제마저 음악을 관두고 곁을 떠난다면, 소이는 앞으로 마음으로는 물론이거니와 머리로도 영영 아버지의 죽음을 받아들일 수 없을 것만 같다. 원래대로라면 슬픔이 있어야 할 소이 마음의 자리에 알 수 없는 분노가 찰랑이던 이유, 그리고 이 뜨거운 감정의 화살이 엉뚱하게도—누구보다 소이를 가장 잘 이해해 줄 수 있는 인물이라는 점에서 실은, 정확하게도—유주를 향했던 것은 아마도 그 때문이었겠다.

이대로라면 소이는 함께 울고 슬픔을 나누며 애도할 수

있기보다는, 켜켜이 쌓인 슬픔의 부피에 짓눌려 점차 고립되었을지도 모른다. 전환점이 필요한 상황, 실마리는 뜻밖의 장소에서 날아든다. 시현과 함께 우연히 수강한 문학 아카데미를 계기로 소이는 조금씩 마음의 문을 열기 시작한 것이다.

> 그때 내 마음속에 선생님의 목소리가 메아리처럼 울렸다. 속마음을 들켜 버린 것 같으면서도 내가 쓴 글이 시가 될 수 있다는 게 신기했다.(17-18쪽)

부담 없이 써낸 나의 속마음이 누군가에게 읽혀 시가 되고, 그 응답의 목소리는 내 마음속으로 되돌아와 메아리처럼 울린다. 이전까지 소이는 자신이 쓴 가사를 남들에게 잘 보여 주지 않았다. 심지어 그렇게 쓴 가사조차 무엇인가를 감추고 있었다. "마치 꽁꽁 랩에 싸인 느낌이야. 뭔가 얘기가 나오려다 만 것처럼."(53쪽) 소이의 가사를 평가하던 크루의 리더 맥퀸은 덧붙인다. "랩은 자유로운 거야. 주저하면 자유로워질 수 없다고."(54쪽) 자유롭다는 것은 어떤 느낌일까. 소이는 과연 무엇을 주저하고 있었을까.

겉보기에 소이는 주저함이라고는 전혀 없어 보이는 인물이다. 우제를 위해서라면 맥퀸에게 대들고 아르바이트 사장을 향해 소리치는 등 참지 않고 기꺼이 자신을 내던지니까. 하지만 정작 자기 내면의 취약함을 돌보는 일 앞에서 소이는 늘 주저했다. 심지어는 그런 자신을 향해 다가오는 손길조차 거부하면서. 그러므로 문학 아카데미 시간에 소이는 단순히 시 쓰기만을 공부한 것이 아니었다. 이곳에서 그는 자기 안의 복잡한 감정들을 찬찬히 살피고 그들에게 적절한 이름과 형상을 하나씩 부여해 보며, 마음을 함께 나누는 법을 천천히 연습했다.

"나, 미워할 사람이 필요했나 봐."(156쪽) 유주에게 정확히 사과하며 내밀한 속마음을 터놓는 소이를 보면서, 우리는 알게 된다. 어느덧 소이가 자기 안의 울음을 노래할 채비를 마쳤음을.

*

이제 새로운 문제가 떠오른다. 그렇다면 이 노래를 어떻게 시작할 것인가. 무대 위에서 아버지의 죽음을 노래해야 하는 소이의 마음은 무겁기만 하다. 우리 눈에는 거의 다 갖추어진 듯 보이지만 소이는 여전히 준비가 안 되었다며 불안해한다. 어째서인가.

"응, 내 얘기가 담긴……. 그래서 이건 나만 할 수 있는 노래야. 그런데 어떻게 해야 할지 잘 모르겠어."(184쪽)

누구나 할 수 있는 노래라면 소이가 이토록 망설이지는 않았을 것이다. 하지만 화재 사건 유가족 당사자의 가사가 담긴 "내 얘기"이자 "나만 할 수 있는 노래"라면 이야기가 다르다. 아무도 나를 대신하여 부를 수 없는 노래라면 소이뿐만 아니라 누구라도 완벽을 도모하고 싶을 것이다. 하지만 소이는 두 가지 중요한 점을 놓치고 있다.

첫 번째는 어머니가 말하듯 "완벽하게 준비되는 때"(185쪽)는 오지 않는다. 기억해야 할 것은 시작이 없다면 노래도 없다는 사실이다. 소설의 제목이기도 한 '못갖춘마디'는 완전한 박자를 갖추지 못한 곡 시작부 마디를 일컫는다. 일부 박자만 포함한 상태이므로 노래는 불완전하게 시작되지만, 어머니의 표현처럼 음악은 어쨌든 이어진다. 세상에는 다양한 리듬의 출발이 있다. 어떤 출발은 충분히 갖추어져 있지 않아 급하고 불안해 보인다. 미숙하고 투박하게 들릴지도 모른다. 그러나 출발이 위태로운 만큼 우리는 숨죽인 채 그다음 이어지는 음계에 더욱 귀 기울인다. 소이에게 반드시 쏟아 내야만 하는 것이 있다면, 그것을 우리에게 들려줄 수만 있다면, 이 불완전한 시작은 오히려 소이의 목소리에 힘을 더할 것이다.

두 번째가 핵심이다. 소이의 생각과는 달리 "나만 할 수 있는 노래"라는 것은 존재하지 않는다. 노래는 울려 퍼져야 한다. 입에서 입으로, 마음에서 마음으로. 옛사람들은 자신들의 기도가 하늘에 닿길 바라는 마음으로 시를 지어 노래했다고 한다. 노래는 함께하는 것이므로, 그 기도가 더 많은 사람의 마음속에 새겨져 멀리멀리 퍼지다 보면 하늘에도 닿을 수 있으리라 믿으면서. 곡은 함께할 때 힘을 발휘한다. 아무리 낯설고 난해한 곡일지라도 세상 어딘가에는 그 노래를 듣고 따라 부르는, 온 마음으로 화답할 수 있는 사람이 반드시 존재하기 마련이다. 눈에 보이는 것은 맥스 크루의 일원으로 랩을 뱉는 소이의 모습이지만, 우리는 이 노래가 울려 퍼지기까지의 과정을 알고 있다. 우제, 유주, 김시은 선생님, 어머니, 소령, 크루 멤버들……. 이들과 진솔한 속마음을 나누는 오랜 시행착오 끝에 소이는 여기까지 왔다. 그러므로 이 노래는 소이가 이들과 함께 쓰고 함께 부르는 곡이다. 일

종의 보이지 않는 '피처링'인 셈이다.

"알려 줘 come in front of me 네가 가진 두려움에 대해."(80쪽) 소이는 이미 오래전 이 라인을 썼지만 차마 부를 수는 없었다. 진심이 담긴 가사였을 테지만, "네가 가진 두려움"을 비롯한 상대방의 복잡한 마음을 받아 안기에는 아직 자신의 마음조차 추스르기 어려운 상황이었기 때문이다. 무대 위에서 모든 것을 쏟아붓던 중 소이는 문득 생각한다. "이 무대는 누구를 위한 걸까. 오직 나 자신만을 위해 랩을 하고 있는 게 아니라는 사실만은 분명했다."(198쪽) 그렇다. 이것은 "나만 할 수 있는 노래"가 아니라 모두가 할 수 있는, 아니 해야만 하는 노래다. 못갖춘마디로 시작한 소이의 노래를 모든 관객이 합창하듯 소리치는 이 순간, 랩 배틀의 승패는 더는 중요하지 않다. 이제 다음 악보를 넘길 때다.

*

프로그램에서 화려한 우승도 거두었지만, 우리는 소설 끝에서 소이가 평범한 일상을 이어 가는 모습을 본다. 팬스러운 투정을 부리고 사소한 안부를 주고받으며 내일을 기다리는 소박한 매일들. 소이는 계속 랩을 이어 갈까? 잘 모르겠다. 다만 중요한 것은 소이가 방금 하나의 노래를 끝마쳤다는 사실이다.

글을 맺기 전, 음악 시간에 배운 내용을 잠깐 상기해 보자. 못갖춘마디 곡은 불완전하게 시작하지만, 첫마디에서 부족했던 박자는 가장 끝마디에서 채워지며 비로소 완전한 형태를 갖춘다. 마디만 따로 떼어 놓고 보면 첫마디와 끝마디는 모두 못 갖춘 모습이겠지만, 함께 이어졌을 때 이들은 하나의 곡으로 조화한다. 이제 시선을 우리의 삶으로 옮겨 보자. 살면서 가장 힘든 것은 역시 시작과 끝이다. 여기에는 다양한 이유가 따라붙는다. 준비가 덜 되어서, 용기가 없어서, 경험이 미숙해서, 운이 부족해서……. 따로따로 본다면 우리의 시작은 엉성하고 끝은 미비해 보일지도 모른다. 정말 그러한가? 소이가 그러했듯 우리는 방금 막 한 곡의 연주를 마무리했을 뿐이다. 비트는 계속되어야 한다. 당신의 노래를 시작할 차례다.

작가의 말

  종종 타인을 구하기 위해 위험을 무릅쓰고 몸을 던지는 사람들의 소식을 미디어에서 접하곤 한다. 그럴 때면 내가 하지 못하는 일을 누군가 대신하고 있다는 느낌에 부끄러워지기도 하고, 어쩌면 나 역시 타인의 선의를 입고 지금껏 살아오고 있는 게 아닐까 생각하게 된다. 그럼에도 타인의 어려움을 애써 외면하고 살아가는 건 아닌지 스스로 되묻게 된다.
  각박한 세상이지만 위험에 빠진 타인을 향해 몸을 던지고, 대가 없이 타인의 어려움을 돕는 사람들이 세상에 여전히 존재한다. 때로는 자신의 안전마저 포기한 채 타인을 구하고 돕는 마음은 어디에서 비롯되는 것일까 궁금해지곤 했다. 그건 아마도 이미 우리 안에 타인의 자리가 깃들어 있는 게 아닐까. 어쩌면 어려운 상황에 빠진 타인에게 손을 뻗는 것은 선택의 문제가 아니라 인간의 존재 조건이라는 생각을 한다. 우리 개개인은 비록 완벽한 존재라고는 할 수 없어도, 선의를 가진 존재라는 사실만큼은 굳게 믿고 싶다. 그 선의가 이 세상을 조금 더 살 만한 세상으로 만들어 간다는 사실도.

이 소설 속에서 소이와 우제는 타인의 시선에 갇혀 있거나 상처받지 않기 위해 타인을 배척하기도 한다. 때로는 그 때문에 제대로 시작조차 못 하기도 한다. 하지만 소이와 우제는 조금씩 알게 된다. 모든 것들이 완전하지 않다는 것을. 타인과 함께 살아가는 것이 서로의 불완전함을 채워 가는 삶의 방식이라는 것도. 결국 인간은 혼자서만 살아갈 수 없고, 타인과 함께 살아가야 하는 존재라는 사실을 이야기 속 이 아이들과 함께 깨우쳐 갈 수 있어서 벅찼다. 이 소설을 읽는 독자들이 당장의 결과만을 두려워하며 시도하기를 망설이기보다, 시도하는 그 자체를 긍정하기를 소망한다. 그 긍정이 우리가 두려움의 바람을 뚫고 나아갈 수 있게 할 거라는 마음을 전하면서.

사계절문학상을 수여해 준 사계절출판사와 심사위원인 이송현 선생님, 손원평 선생님, 강수환 선생님께 특별히 감사드린다. 글쓰기를 두려워 말고 나아가라는 격려로 삼고 정진해 보답하겠다. 더욱이 나의 글쓰기 이정표가 되었던 선생님들께 평을 받고 수상작으로 선정되어 그 의미가 깊게 다가온다. 아울러 출간 과정에서 원고를 세세히 살펴 주고 방향성을 함께 고민해 준 장슬기 팀장님께 감사드린다.

나의 첫 번째 독자이자, 언제나 내가 생각지 못한 부분을 예리하게 짚는 유진 씨에게 표현 못 한 고마운 마음을 전하고 싶다. 승혁, 서겸, 서윤, 태겸, 이 아이들이 잘 자라기를 소망하는 마음을 이 기회에 내어놓고 싶다.

마지막으로 이 소설을 읽은 당신에게 하고 싶은 말이 있다.

인생의 마디에 갖춰야 할 박자가 조금 모자라도 괜찮아요. 그러니 앞으로 나아가자고요.

채기성

못갖춘마디

2025년 10월 30일 1판 1쇄
2025년 12월 31일 1판 2쇄

지은이	채기성
편집	장슬기 윤설희 최경후 강수연
디자인	박다애
제작	박흥기
마케팅	김수진 이태린 이예지
홍보	조민희
인쇄	천일문화사
제책	J&D바인텍

펴낸이	강맑실
펴낸곳	(주)사계절출판사
등록	제406-2003-034호
주소	(우)10881 경기도 파주시 회동길 252
전화	031)955-8588, 8558
전송	마케팅부 031)955-8595 편집부 031)955-8596
홈페이지	www.sakyejul.net
전자우편	literature@sakyejul.com
트위터	twitter.com/sakyejul
인스타그램	instagram.com/sakyejul

© 채기성

값은 뒤표지에 적혀 있습니다. 잘못 만든 책은 구입하신 서점에서 바꾸어 드립니다.
사계절출판사는 성장의 의미를 생각합니다. 사계절출판사는 독자 여러분의 의견에 늘 귀 기울이고 있습니다. 이 책은 저작권법에 따라 보호받는 저작물이므로 무단 전재와 복제를 금합니다.

ISBN 979-11-6981-399-0 44810
ISBN 978-89-5828-473-4 (세트)